새벽에 그리다

Mignon
publishing company

오늘 내가 죽음을 다짐해도
너는 오늘 밤 나의 꿈에 나타나지 않을 것을 알고있다.

너무 아름다운 추억은
살면서 나를 슬프게 할지도 모른다.

|

#마노엘

Chapter 1 007

Chapter 2 035

Last Chapter 141

Chapter 1

#1

　겨울을 닮은 공기가 나의 살결에 닿으면, 나는 또 다시 초점을 잃고 고요해진다.

　헷갈린다. 모르겠다. 도저히 가늠할 수 없다...... 나의 인생이 행복한 건지 불행한 건지. 언제나처럼 수많은 생각을 감당하지 못해 지쳐 잠든 뒤 눈을 떴다. 창 밖엔 비가 내리고 있었다.

　비 오는 날이 좋은지 싫은지 묻는다면, 좋아하지 않는다. 그럼에도 떨어지는 빗방울이 사뭇 다르게 느껴지는 순간이 있다. 바로 오늘 같은 날이다. 얼마나 잤는지도 모른 채 빗 소리에 일어나, 빗방울 보다 비에 젖은 거리가 뿜어낸 정적에 비가 오는 날임을 느끼는, 그런 날.

　창문에 기대어 흐르는 빗방울을 물끄러미 들여다 보고 있으면, 왠지 모르게 마음이 놓인다. 오늘 하루쯤은 아무 생각 없이 시간을 빗물에 흘려 보내도 괜찮다고, 아무 일도 일어나지 않는다고, 비가 내게 속삭여 주는 것 같아서. 창가를 등진 빗물의 움직임을 따라 조금 더 멍하니 창 밖을 바라본다. 비가 허락한 나의 여유는 그녀로 인해 금세 어지럽혀진다.

　빗방울이 거리 위에 만드는 파동을 바라보았다. 내 시야 안에서 가장 멀리 퍼지는 파동을 찾아나섰다. 저 파동의 떨림은 어디까지 전해질 수 있을까. 저 곳에 내 눈물 한 방울 떨구면, 그녀에게 전해질 수 있을까. 나의 그리움과 기다림, 그리고 간절함. 모두 너에게 전해질 수 있을까.

먼지 쌓인 창문 하나를 사이에 두고 부는
바람의 방향이 서로 다르다는 사실을,
너는 알고 있을까.

차디찬 빗 속에서의 너는 오로지
빗물과 눈물의 온도 차이 만으로 기억 된다는 사실을,
너는 알고 있을까.

진한 에스프레소 한잔이 하고 싶어진다. 애써 억눌린 감정의 응어리를 조금이나마 흐트려 줄 것이다. 새벽에 마시는 에스프레소에는 특별함이 있다. 아침을 맞이하는 에스프레소 한잔은 잠에서 깨어나기 위함이고, 새벽에 젖어드는 에스프레소 한잔은 꿈 속에 빠지기 위함이다. 아침의 활기를 전해주는 진한 카페인의 여운은, 새벽의 공기와 뒤섞여 추억의 깊은 연민으로 자리 잡는다. 단 두모금으로, 온 새벽을 같은 온도의 기억으로 유지시키는. 새벽의 에스프레소.

내 눈에 담긴 세상이 무언가를 기준으로 나뉘어 보일 때
우리는 비로소 감정에도 경계가 있음을 알게 된다.

냉정과 열정, 외로움과 그리움, 삶과 죽음.

인간은 그렇게 미쳐가거나 비 내리는 거리에서 젖는다.

　에스프레소 한잔이 남긴 마지막 커피향의 여운은 와인으로 이어진다. 끼안티 클라시코(Chianti Classico), 병목에 새겨진 수탉 모양이 팬시리 나를 서글프게 만든다. 어느 년도, 어느 곳에서 만들어졌는지에 관계없이 똑같이 새겨져있는 수탉. 별것도 아닌 이 사실이 나를 너무 지치게 만든다. 마치, 매일 다른 날의 다른 시간에 눈을 뜨면서도 언제나 똑같이 기억되는 그녀처럼. 나는 미친 행복을 되새긴다.

　부드러운 브리 치즈도 달콤한 초콜릿도 아닌, 나의 기분이 그저 최고의 궁합인 날이 있다. 잔 속에 갇혀 갈 곳없는 와인이 나의 입을 오르내린다. 혀를 타고 흐르는 와인, 그리고 와인을 담고 있던 병보다 짙은 향이 맴도는 입술. 향이 깊게 배어감에 따라, 입술은 점차 보라빛으로 물든다. 그렇게, 오늘 밤도 아프다.

　문득, 되새긴다는 말이 머릿속을 맴돌기 시작한다. 멋진 글귀가 떠올랐다.

세상에 데자뷰란 존재하지 않는다.
매 순간 나의 감성이 다르기 때문이다.

　굳이 종이에 세기지 않는다. 창백한 벽 한 구석 빈 공간에 끄적여본다. 언제 잉크가 메말랐는지 펜촉은 벽과 구슬픈 소리를 내며 허공을 가른다. 펜을 바닥에 떨구고, 검지 손가락을 들어 벽에 문지르기 시작한다. 한껏 차오른 와인의 기운. 손끝에는 피가 곧 뿜어져 나올 듯한 기색만이 맴돌 뿐, 아무런 고통도 느껴지지 않는다.

펜이 굴러 널브러진 창가에 시선이 닿았다. 이런 식으로 비가 내리는 날에는 창가에 또렷히 비추어진 나의 모습을 볼 수 있다. 눈을 감지 않는 한 사라지지 않을 것을 알면서도, 나의 모습이 사라질 때까지 창 밖을 바라보고 싶었다.

문득 애잔한 마음이 들었다.

하늘 가득 내리는 봄비에도 네가 목마를 수도 있겠다
얇은 유리 한 장에도 한 없이 간절해 질 수도 있겠다.

쏟아지는 빗물을 뒤로 한채
한 사람의 흔적만을 기다리는 것처럼,
정작 널 살릴 수 있는 건
따뜻한 손길로 건네는 물 한잔 일 수도 있겠다.

창 밖의 살구 나무 한그루와 나의 잔상이 하나로 겹쳐 보였다. 내리는 비에 고개를 떨구는 꽃들이 어여뻐서 우울하다. 창가에 비춘 나를 관통하며 떨어지는 꽃송이들이, 꼭 날개를 잃고 추락하는 천사의 모습 같았다. 모든 꽃 송이들이 나의 곁을 떠날 때까지 앙상하게 흔들리는 나뭇가지를 바라보았다. 울적한 날의 인간은 사소한 것이 괜히 아름답다. 그렇게 한참을 바라보다 시선은 결국 나의 왼쪽 손목에.

 알고 있다. 수없이 무언가를 써 내려가도 내 몸에 영원히 스며있는 건 이 것뿐 이라는 것을. 그녀는 내게 말했었다. '너무 아름다운 추억은 나를 슬프게 할지도 모른다'라고...... 끔찍하게 아름다운 말이라 감당이 되지 않는다. 내가 오늘도 내일을 고민하게 되는 유일한 이유. 유일한 순간.

#2

'사랑의 문'. 엘리자베스의 문이라고도 하는 이 문은 프리드리히 5세가 그의 연인 엘리자베스를 위해, 단 하루 만에 사랑으로 빚어낸 문. 화려하지도 특별해 보이지도 않는 문. 때문에 오히려 세상에 존재하는 어느 문보다 사랑에 대한 진심이 느껴지는 문.

어린 시절 처음 사랑의 문 앞에 섰을 때, 관광객을 이끌고 있던 단체 여행 가이드의 말을 우연히 엿들었다. 사랑하는 사람의 손을 잡고 이 문을 지나가면 그 사람과 영원히 행복할 수 있다던 문에 깃든 마법 같은 이야기. 감동받은 나의 어린 순수함은 세월을 따라 하나의 신념이 되어있었다. 언젠가 내게도 진심으로 사랑하는 사람이 생기면 그 사람의 손을 잡고 반드시 이 문을 통과하리라.

유치하게도, 내게 아직 사랑의 문을 통과할 순간은 다가오지 않았다. 이상하리만큼 대단하다 말해 주고 싶은 점은, 아직도 이 산타클로스 할아버지 같은 이야기를 믿고 있다는 것.

낡은 창가에 걸터앉아 아무런 변화가 없는 하늘을 마음 둘 곳 없이 바라보았다. 문득 내 손목 끝에 걸린 시계가 더욱 차갑게 느껴진다. 사랑의 문을 함께 통과하고 싶었던 한 사람의 감촉이 이 작은 시계에 모두 스며있다. 내 생에 첫 진심. 시리도록 아름다웠던 단 한 순간.

#3

 그녀를 처음 만난 건 동네를 둘로 나누는 강가 근처 다리에서였다. 그녀는 나의 맞은편에서 내게로 다가오고 있었다. 나도 모르게 숨이 막혔다. 숨이라는 것. 애써 신경쓰지 않아도 당연히 내쉬고 있을거라 여겼던, 지극히 평범했던 것.

 눈부시게 아름다운, 끊임 없이 맑은 하늘이나 투명한 바다를 바라볼 때처럼 가슴이 벅차 올랐다. 그녀는 그렇게 나를 스쳐갔다. 눈꽃 같은 잔상이 내 눈 깊숙이 스며들었다. 아무 말도 걸지 못했다. 용기가 없어서가 아니었다. 그녀가 나를 지나 멀어지는 뒷모습이 하나의 작은 별이 되어 사라질 때까지, 바라봐야만 했다.

 생애 처음 느끼는 설렘은 환상적인 피아노 연주를 연상시켰다. 부디 이 연주가 끝날 때 까지만은 누군가의 기침 소리 하나 들려지지 않기를 간절히 바라는 마음처럼, 다른 생각들이 감히 방해 할 수 있는 순간이 아니었다. 다시 한번 그녀와 마주치고 싶었다. 아무런 대책 없이도 분명 그녀와 다시 만날 것이라 믿었다. 앞으로 그녀 이외의 다른 것은 원하지 않을 것 처럼 그녀를 되뇌었다.

 내일부터 다리 위에 서서 그녀를 매일매일 기다려볼까. 그러면 하루라도 더 빨리 그녀와 다시 마주칠 수 있지 않을까. 그럴 만한 가치가 있는 사람임을 확신했지만 그런 짓은 하지 않기로 했다.

난 사실 꽤나 답답한 운명론자이다. 운명을 두른 인연에 더욱 설레는 그런 사람. 그녀가 나의 운명이라면, 우린 어떻게든 다시 마주칠 것이다. 어쩌면 이것이 내가 바라는 사랑의 방식이다. 자전거를 잘 타려고 애쓰고 노력한 끝에 함께 자전거를 타고 달리는 사랑이 아닌, 자전거를 탈 줄도 모른채 달리다 미끄러진 곳이 마침 당신의 품이길 바라는 그런 사랑.

나를 스쳐간 것은 단순한 여인의 향기가 아니라, 고요한 하나의 설렘이었다.

#4

꽤나 많은 날이 흘렀다. 운명은 아직도 나를 괴롭히고 있었다. 절망적이게도 그녀는 나의 운명이 아니었던 것일까. 그렇다면 그녀는 왜 이렇게 오랜 시간 내 기억에 머물러 있는 걸까. 먼저 찾아나서고 싶은 충동을 억누르기가 점점 힘겨워진다.

솔직하게 털어놓자면, 이런 적이 없었던 것은 아니다. 누구나 그렇듯 나 역시 꽤 마음에 드는 여인의 잔상이 머리 속에 오랫동안 맴돈 적이 있다. 하지만 이번엔 그 시간이 너무 길고 절박하다.

우연히 길에서 그녀와 마주치더라도, 곧 바로 눈물 흘릴 수 있다. 언제나 그녀의 생각에 잠겨 걷고있으니까. 그녀와의 추억이 머문 곳을 오늘도 홀로 바라보는 나는, 그녀가 너무도 야속하다.

#5

'레스페랑스(L'esperance)'. 불어로 '희망'이라는 의미를 품고 있는 집 근처의 작은 카페. 나는 이 곳에서 일하고 있다. 은은한 커피 향에 둘러싸여 창 밖을 바라볼 수 있다는 것은 너무도 멋진 일이다. 좋아하는 노래가 우연히 흘러 나올 때, 커피를 입술에 갖다대면. 순간은 나의 것이 된다.

커피 향에 심취해 일하다보니 금세 집에 돌아갈 시간이 되었다. 나의 자아 속 가장 순수한 감정이 깨어나기 시작한다. 일이 끝난 뒤 집으로 돌아가기 전, 나는 매일 카페 근처 육교로 향한다. 나의 작은 습관, 나의 어릴 적 순수함이 지켜와 준 운명적인 사랑에 대한 작은 믿음. 이 곳이 나의 사랑의 문이다.

내가 처음 발견했을 때부터 이 육교는 무슨 사연인지 반절이나 무너진 채 방치되어 있었다. 사실 육교라 말하기 머쓱할 정도로 낮은 높이에, 여러 크기의 돌들을 모아 만든 탓에 깔끔하게 다듬어져 있지도 않은, 나는 어쩐지 이런 공간이 좋았다.

하지만 오랜 시간 걸터 앉아 있기에 불편하다는 점은 인정할 수 밖에 없었다. 이 사랑스러운 공간을 포기할 수는 없어, 티 테이블 하나와 의자 한 쌍을 가져다 놓았다. 의자에 앉아 바라보는 풍경 속의 육교는 유구한 역사를 간직한 성벽 처럼 멋스러웠다. 가끔 저녁에 들러 와인 한병을 마시기도 하며, 테이블도 가져다 놓은 나 자신이 기특해 가슴이 시큰했다.

비어있는 나머지 의자에는 일단 작은 화분 하나를 올려 놓앉다. 화분에 꽃잎 하나가 피어날 무렵, 봄처럼 찾아올 누군가를 기대하며.

오늘도 어김없이 의자에 앉아 카페에서 가져온 책을 꺼냈다. 패트릭 쥐스킨트의 '향수'. 오늘따라 책이 읽고 싶었던 나의 기분을 망치지 않을 멋진 책 이길 바라며 책을 펼쳤다.

다 읽고 나니 주변이 어둑해져 있었다. 호기심이 생겼다. 이런 엄청난 글을 쓰는 사람은 어떠한 인생을 살아온 것 일까. 엿보고 싶은 마음에 그에 대한 이력이 적혀있을 책의 맨 앞장을 펼쳤다. '패트릭 쥐스킨트' 그리고 그 위에 적힌 또 한 명의 이름 '애슐리, 미농 갤러리'.

다른 사람이 실수로 놓고 간 책이었던 건가. 어쩐지 카페 바깥 자리에 덩그러니 올려져 있었다 했다. 이 책은 하루라도 빨리 주인에게 돌아가야 한다. 이런 매력적인 책을 잃어버린 주인의 현재 심정은 너무도 비통할 것이다. 내일 당장 책의 주인을 찾아 나서자.

나는 알고 있었다. 이 모든 건 거짓말, 자기합리화라는 것을. 미농 갤러리에 가려면 반드시 어떤 다리 하나를 건너가야 함을. 이로써 다리를 건너야 할 완벽한 핑계가 완성되었다, 그녀가 나를 스쳐갔던 그날의 다리를.

#6

미뇽 갤러리(Mignon Gallery). 한 눈에 사로잡힐 정도로 멋진 곳이다. 누구든 이 곳을 무심하게 스쳐지나 갈 수는 없을 것이다. 귀엽고 사랑스럽다는 의미를 지닌 '미뇽(Mignon)'이란 단어와는 상반되게 독일 바로크 시대의 고딕 양식을 군더더기 없이 드러낸 멋진 건물.

하늘을 찌를 듯 솟아 있는 첨예한 탑이 오늘따라 더욱 냉담하게 느껴지는 건, 아마 오는 길에 그녀와 마주치지 못했기 때문일 것이다. 밤하늘에 뜬 수 많은 별들 중 하나를 깨달아가는 철학자 마냥 천천히 다리를 건넜건만, 운명은 내게 아직 때가 아니라 말했다.

어쩌면 철학이란. 밤 하늘에 떠있는 수천, 수 만개의 별을 바라보면서도, 사실 하늘에는 아무 것도 없음을 깨닫게 되는 것일지도.

반면 애슐리를 찾는 건 조금도 어렵지 않았다. 이미 갤러리 로비 한 가운데에 내 손에 들린 책을 애타게 찾는 공고가 붙어 있었다. 나의 설렘에 비해 너무도 간단히 책 주인을 찾아낸 것에 잠시 김이 샜지만, 누군가 향수처럼 뿌려놓은 단서를 찾아낸 자신이 패나 소설 속 주인공 같아 뿌듯했다.

아직도 소설의 여운이 가시지 않은 듯 하다. 혹시나 그녀의 향기까지도 찾아낼 수 있을까, 그녀가 나를 스쳐가던 순간의 향기라면 정확하게 기억하고 있을 나. 좀더 소설 속 주인공 놀이를 하고 싶었지만, 굳이 애슐리를 만날 필요까지도 없을 것 같았다.

〈공고〉

L'esperance 카페에서 '패트릭 쥐스킨트의 '향수'를
습득하신 분은 6시부터 10시 사이에
L'esperance 카페에 오셔서 저의 진심 어린 감사가 담긴
따뜻한 커피한잔을 마셔주시길 바랍니다.

- 에디트 -

#7

 일이 끝나고도 계속 카페에 머물러 있었다. 나는 오전이라 불리던 시간이 오후로 불리게 될 때쯤까지 이곳에서 일한다. 오늘이 평소와 같은 하루였다면 언제나처럼 육교로 향하고 있었을 것이다. 규칙적이던 날들과는 다른 풍경이 낯설었지만, 다시금 침착하게 2가지 의문에 대해 이성적으로 생각해 보았다.

 첫째, 책에 적힌 이름과 공고에 적힌 이름이 다른 이유.
 둘째, 왜 내 멋 데로 이름이 다른 두 여자의 인생을 내 손에 쥔 하나의 책으로 연관 지으려 한 것인가.

 애슐리과 에디트는 서로 다른 '향수'의 주인 일 수 도 있는데 말이다. 문득 인생이 절묘하게 느껴졌다. 지금 내가 기다리는 책의 주인은 나와 같은 공간에서 시간을 보내며 커피 한잔과 함께 책을 읽었을 그 누군가. 사랑의 문에 얽힌 나의 습관을 하루라도 내려놓았다면 진작에 만났을 수도 있었던 사람. 그런 사람을 인생의 어느날, 나는 수줍게 기다리고 있다. 평소의 평범한 날들과는 다른 이유가 부여해준 괜한 설렘과 함께.
 어쨌든 나는 이곳에 와있다. 우스운 헛걸음이 될지도, 늦은 밤 커피한잔의 해프닝이 될지도 모르지만, 어찌 되었건 이런 의외의 만남이 있는 날이 싫지만은 않다. 9시, 내가 모르던 시간과 공간을 직접 느낀다는건 새삼 즐거운 일이다. 아침부터 쌓여가던 카페 향은 이제 쌓이다 못해 카페 밖으로까지 넘쳐 흐르고, 따뜻한 금빛 조명은 어둠이 조명을 감싸고 있는 건지 조명이 어둠을 감싸고 있는 건지 헷갈릴 만큼 몽환적으로 느껴졌다.

순간, 달콤한 향기가 코를 간지럽혔다. 바닐라 라떼 한잔이 내 앞에 다소곳이 놓여 있었다. 내게 바닐라 라떼를 건네준 그녀는, 바닐라 라떼 위 살포시 얹혀진 하얀 우유 같은 미소로 내 앞에 앉아 있었다.

알랭드 보통(Alain de Botton)이 자신의 책에 적어 놓은 구절 하나가 어렴풋이 떠올랐다. '나는 너를 마시멜로 한다'. 한 때 알랭드 보통이 왜 이런 유치한 표현을 썼을까 진지하게 고민했었다. 오늘에서야 나는 마시멜로라는 단어에 담긴 더없이 진심이자 순수한 감정을 깨닫게 되었다. 알랭드 보통이 나를 비웃겠지만, 달리 다른 표현이 떠오르지 않았다. 바닐라 라떼 같은 사람. 바닐라 라떼 같은 한 사람이, 내 앞에 앉아 있었다. 달달한 바닐라 라떼 향 만큼이나 애틋한 이 사람의 미소에서 눈이 떼어지지 않았다.

한동안 나를 존재의 이유에 대해 갈구하는 철학자만큼이나 괴롭게 만들었던 그녀. 그녀의 이름은 앞치마 왼쪽 가슴에 가지런히 적혀있다.

'에디트(Edith)'

#8

애슐리와의 관계는 묻지 않았다. 언제부터 이곳에서 일하게 되었는지도 묻지 않았다. 그런 질문들은 이 순간 모두 부질없게 느껴졌다. 그녀의 감성은 어떤 색깔로 칠해져 있는지, 그녀가 가진 추억들은 어디를 유랑하고 있는지 물어보고 싶었다.

내가 그녀의 마음에 잘 스며들고 있는지 궁금해, 참지 못하고 자꾸만 그녀의 연갈색 눈동자를 들여다 보게 되었다. 섣불리 행동한다 해도 어쩔 수 없다. 내 인생의 단 한 순간이라도 빨리 그녀를 사랑하고 싶었다.

마지막 한 모금이 남은 커피 잔 안으로
달이 떠오를 무렵,
나는 그녀에게 물었다.

"당신이 사랑하는 누군가가
자신의 꿈을 이루기 위해서는
당신을 두고 떠나야 하는데,
당신을 너무 사랑해서 떠나지 않기로 한다면?"

그녀가 말했다.

"자신의 꿈을 포기하는 사람은 사랑하고 싶지 않아요".

내가 바래왔던 대답. 내가 간절히 바래왔던 사람. 하루에도 몇 번씩 습관처럼 꺼내는 사랑한다는 말로 사랑의 무게를 되려 가볍게 만들어 버리는 사람이 아닌. 누가 만들어냈는지도 모르고, 언제부터 자신의 입에 오르내리기 시작한지도 모를 사랑이라는 단어 보다. 더 소중한 무언가를 눈치 채고 있는 이 사람. 그 사람이 바로 내 눈 앞에 있었다.

#10

그녀를 따라 나선 문 밖에 펼쳐진 것은 겨울의 밤. 12월의 공기가 서로의 몸에 베어있던 커피를 가볍게 흐트렸다. 날아간 커피향 사이로 겨울의 따스한 가로등 불빛이 스며들어 왔다. 운명이 우리를 다른 세계로 이끄려는 것처럼 뽀얗게.

카페에서 나온 뒤 서로 아무런 말도 없이 걷고 있었지만, 마치 장갑을 한쪽씩 나누어 끼고 걷는 연인 처럼 애틋했다. 내게만 익숙한 길을 걸어가는데도, 그녀는 조금의 망설임도 없이 나와 발맞추어 주고 있었다.

기껏 도착한 육교에는 평소와 다르게 달랑 한개의 의자만이 놓여있었다. 사랑의 여신 아프로디테가 나의 지혜를 시험하려는 것 일까, 그녀를 기다리던 의자는 하필 오늘에야 도둑을 맞은 듯 했다. 그녀에게 자리를 양보하기 전까지 듬직하게 의자를 지켜줄 것 같았던 화분도 보이지 않았다. 화분 역시 가져간 듯 했다. 그럼에도 이 순간, 내가 훔칠 수 있을지도 모를 그녀의 진심이 남아있음에 육교는 변함없이 아름다웠다.

혼자 남은 의자를 들고 다시 걸었다. 갑작스런 나의 행동에 당황했을 에디트의 시선이 걱정되었다. 그녀는, 그녀는 그새 새어 나간 나의 결심을 눈치챘는지, 숨죽여 나의 뒤를 따라와주고 있었다. 너무 황홀해 그녀를 처음 만난날의 피아노 연주가 또 다시 들리는 듯 했다. 건반의 작은 떨림으로 설렘까지 전할 수 있을까, 건반 사이의 정적 마저 하나의 선율로 담아낼 수 있을까.

그녀를 내게 선물해준 다리의 가운데에서 걸음을 멈췄다. 그녀 역시 그날의 나를 한번쯤 자신의 꿈속에 초대한 적이 있었던 걸까. 물들어가는 노을에 숨이 막히는 바다의 수평선처럼, 처음만났던 순간의 연장선은 그녀의 어깨선을 따라 현실이 되었다. 그녀의 손과 나의 손이 별들을 가로질러 하나로 이어지자, 운명의 끈은 하나의 매듭이 되어 밤하늘을 찬양했다.

달빛이 가장 밝게 비추는 자리에 의자를 내려놓고, 그녀의 손을 잡아 의자에 이르게 했다. 그녀를 의자에 앉히고 무릎을 꿇어 그녀를 아래에서 위로 보듬어 주었다. 나의 무릎에서 퍼진 두근거림이 겨울의 공기로 가득한 다리 위를 따스히 적시기 시작했다. 이 순간을 놓치지 않고 그녀의 미소에 진심을 맹세하며 사랑을 속삭였다. 그녀와 나의 주변은 이미 금빛으로 물들어가고 있었고, 누구의 입술이 먼저라 할 것 없이 서로를 끌어당겼다.

구스타프 클림트(Gustav Klimt), 그대가 남긴 그림 속 두 남녀의 입술, 그 두 입술이 맞닿기도 전에 주변을 온통 황금빛으로 휘감아 버린 것은, 내가 스스로 마지막 황금 조각을 찾길 원했기 때문이었다. 두 남녀의 입술 사이에 아슬아슬한 공간을 남겨 둔건 나를 애태우게 하기 위함이 아니라, 내 인생 속에서 비로소 인생 최대의 걸작이 완성 될 수 있도록 하기 위한 그대의 금빛 지혜였음을. 나 이 순간, 클림트 그대에게 부탁한다. 나와 그녀, 그대의 위대한 그림 속 퇴색되지 않을 금빛 물결로 영원히 새겨져 있게 해달라고.

#10-1

싱그러운 새벽 공기 속에서 잠이 깼다. 우리를 품에 안았던 클림트의 금빛 환영들은 우리가 잠든 사이 하얀 눈이 되어 내리고 있었다. 나의 발자국을 받아들일 준비가 된 순백의 처녀가 거리에 펼쳐져 있었지만, 나는 다른 이에게 그 순간을 양보하고, 우연히 창문 틈으로 날아들어온 천사의 깃털처럼 잠든 그녀를 빤히 바라보았다. 너무도 벅차다. 넘치는 행복을 가진 자가 눈 위에 발자국을 새기는 희열 따위에 현혹될 이유는 없었다.

밤하늘의 별 중 가장 오래 떠있는 별이 있듯, 인생에 놓여진 수많은 날들 보다 그저 단 하루를 영원히 간직하게 되는 날이 있다. 평범한 날들로 흘러간 어마어마한 시간들이 허무하게 느껴지는 듯 하다. 하지만, 그렇기에 소중했던 단 하루의 모든 순간이 더욱 아름답게 느껴지는 것일 지도 모른다.

아니다, 어쩌면 이 생각은 잘못되었다. 실은 이 단 하루에 담긴 추억들이 너무 소중해 평범한 나날들을 살아갈 수 있는 것이다. 이 추억들을 되새기는 것 만으로도 평범한 날들의 시간은 의미가 있어질 테니까.

어느 위대한 소설가가 말하지 않았던가, '살면서 수많은 날들을 기억 할 수는 없지만 소중한 것은 절대로 잊지 않는다고'.

앞으로 나의 운명이 나를 어떤 인생으로 이끌지는 알 수 없다. 하지만 내가 지금 운명과 포커 게임을 하고 있다면, 내가 쥔 모든 카드의 모퉁이에는 그녀의 수줍음을 닮은 연분홍 빛 하트 문양이 나란히 새겨져 있을 것이다.

#10-2

　새벽의 여신 에오스가 새벽을 거두어가고, 아침 햇살이 한 줄기씩 차례로 그녀를 간지럽혔다. 어쩌면 그녀가 바로 에오스 일지도 모른다는 생각이 들었다. 새벽을 거두어 들이느라 지친 몸을 잠시 햇살 아래에 눕힌 여신의 모습은 숨막히도록 아름다웠다. 그 옆에서 여신을 바라보는 평범한 인간은 분명 인생 최대의 행운을 맞이하고 있었다. 행여나 여신이 자신의 시선을 눈치채고 놀라 날아갈까, 그저 밤새 숨죽여 들여다 보고 있었을 뿐이다.

　그렇다. 우리는 육체적 본능보다 더 가치 있는 무언가에 밤을 흘려 보냈다. 전혀 이상 할 것이 없다. 누군가 내심 약간의 실망감에 안긴 그녀를 떠올린다면, 그건 당신이 그녀와 나의 밤에 없었기 때문이다. 완벽한 밤, 완벽한 밤이었다. 여신의 모습을 실제로 마주한 인간은 그녀의 신성함에 취해 있었을 뿐이다. 형용할 수 없을 만큼 벅찼던 입술의 감촉, 그것이 아직 내 입술에 머물러있다. 그 이상을 생각하고 바라는 것은 인간의 능력을 벗어나는 일이었다.

　단 1초 전의 시간이 추억이 되어버릴 만큼의 아름다운 순간이 내 인생에 찾아왔다. 그녀를 바라보며 눈을 깜빡임과 동시에 추억이 쌓이는 기분, 환상의 경계에서 흔들리는 꿈처럼……

새벽의 끝자락을 갓 벗어난 햇살에 그녀의 손목 시계가 반짝였다. 시침이 다음 숫자에 몸을 기대려 초침을 부지런히 움직였다. 단순하지만 왠지 모르게 자꾸만 눈이 가는 매력적인 시계였다. 남자와 여자라는 틀에 박힌 이미지를 강요하지 않는, 마치 인간을 위해 만든 시계 같았다. 무엇보다 시계 안의 열쇠문양이 시선을 끌었다. 유심히 보니 시계 측면에 무엇인가 새겨져 있는 듯 했다. 호기심에 팔을 살짝 들어 자세히 보고 싶었지만, 햇살과 조화를 이룬 한 폭의 그녀를 흐트러트리고 싶지 않았다. 따사로운 햇살에 그녀의 옆구리가 꿈틀거리는게 아니라, 그녀의 미세한 숨소리에 햇살이 흔들리는 것 처럼 보였다. 입술이 나의 시선을 느꼈는지 그녀가 입술을 살짝 깨물었다. 그녀가 뒤척이며 깨어났고, 그녀의 눈동자에 내가 비추어져 있음에 안심했다. 꿈이 아님에 황홀했다.

#11

"키스해줘"

깨어난 그녀의 첫마디. 반쯤 잠긴 에디트의 목소리는 믿을 수 없이 자극적이었다. 눈을 감기 전 마지막으로 바라 본 것이 무엇인지 기억나지 않을 정도로 자연스럽게 감긴 눈. 우리는 순수한 감각에 의존하며 서로를 끌어안았다. 두 입술 사이의 공간은 떨림 한 번에 모든 중력이 쏠리 듯, 숨소리 한번 새어 나오지 않았다. 나는 그녀를 간절히 원했고, 그녀 역시 나를 간절히 원함을 느낄 수 있었다. 인간이 신에게 도전하듯 강렬한 무언가가 치솟아, 나는 나의 왼쪽 볼로 그녀의 입술을 훑어 내렸다.

순간 촉촉한 무언가가 느껴졌다. 눈물이었다. 순간 세상 모든 것이 색을 잃고 흑과 백으로 멈춘 듯 했다. 적어도 쾌락의 눈물이나 기쁨의 눈물이 아님이 그녀를 감싸고 있는 나의 살결에서 느껴졌다. 당황한 것은 물론 나였지만 일단 그녀를 안정 시키기 위해 무작정 입을 떼었다.

"에디트······"

복잡함에 텅 빈 머리 속이었지만, 그녀가 흘린 것이 눈물이었음을 두 눈으로 확인하자 나는 어두워지고 있었다. 그녀가 굳어버린 내게 다가와 천천히 입을 맞추었다. 나의 입술에 한번, 나의 왼쪽 손목에 한번. 입을 맞추어 주었다. 나의 손목에 고개 숙인채 떨궈진 그녀의 눈물 한 방울. 그 눈물 하나가 손목에 닿음을 마지막 감촉으로, 그녀는 내게서 한 발자국 멀어져 있었다. 그녀는 고개를 들어 자신이 차고 있던 시계를 풀어 내게 채워 주었다.

"에디트 이게 무슨……"
"미안해요."
에디트가 문을 박차고 뛰쳐나갔다. 너무 당황스러워 나의 숨소리 조차 들리지 않았다. 혼자 멍하니 서있었다. 에디트가 뛰쳐나간 문이 보란듯이 열려 있었다.

"에디트!!!"
정신이 미처 다 돌아오지 않은 채로 그녀를 쫓아 뛰쳐나왔다. 에디트…… 에디트…… 에디트를 붙잡아야 한다. 머리에는 오직 이 생각 뿐이었다. 맨발로 차디찬 눈 위를 미친 듯이 뛰어 다녔다. 점점 마비 되어가던 발에는 어느새 아무것도 느껴지지 않았다.
눈물이 흘렀다. 그녀가 보이지 않아 눈물이 흘렀다. 그녀의 모습이 보이지 않아 눈물이 흘렀다.

Chapter 2

#12

 세상 모든 사람들이 힘을 합쳐 나 하나를 따돌리고 있다는 의심이 들었다. 에디트, 서러울 정도로 그녀에 대한 어떠한 정보도 얻을 수 없었다. 그녀와 관련이 있을 법한 모든 장소의 모든 기록을 뒤졌지만 그녀에 대한 그 무엇도 알아낼 수 없었다. 심지어 그녀가 일했던 카페에서도, 그녀를 제대로 아는 그 누구도 만날 수 없었다.

 에디트, 그대는 진정 새벽의 여신 에오스였던 것이다. 언제나 처럼 새벽을 거두어 들이던 어느 날, 어느 평범한 인간에게 유난히 햇살이 아름답게 내리쬐는 것을 보고 잠시 사랑에 빠졌던 것이다. 하지만 인간은 그대와 달리 세월의 이치를 거스를 수 없다는 것을 그대는 알고 있었다. 그대가 사랑한 인간은 세월에 따라 늙고 볼품없게 변할 것임을 그대는 알고 있었다. 그래서 그대는 나를 떠난 것이다. 평범한 인간일지라도 잠시나마 사랑을 느낀 존재이기에. 가장 아름다웠던 그의 모습을 영원히, 추억이라는 순간 속에 간직하기 위해.

 에오스. 그대의 마음 얼마나 위대한가. 사랑해서 떠난다는 말이 그저 유치한 말장난이 아니었음을 그대가 증명했다. 오랜 세월, 새벽이 밤새 품었던 차가운 밤공기를 거두어 들이던 그대의 손은 차가울지 몰라도, 그대의 마음은 뒤이어 피어오르는 따사로운 아침햇살과 같음을 하찮은 인간조차도 알고 있다.

처음에는 그녀를 종이 위에 그려 보았다. 눈을 감고 그녀의 얼굴을 떠올리고, 그녀의 모습에 눈물이 울컥해 그녀가 흐려지고, 흐려지는 그녀의 모습에 절규했다. 그렇게 수백 장, 수천 장의 얼굴이 바닥에 널브러 질 때쯤이 되어서야 손을 내려놓았다. 아무리 노력해도, 그녀를 담아낼 수 없었다. 하얀 종이 위에서 창백하게 미소 짓고있는 그녀에게서는 아무것도 느껴지지 않았다.

어두어진 밤을 탓하며 잠못드는 새벽. 밤새 갈 곳을 잃고 헤메이던 겨울의 공기를 새벽이 놓아주니, 이내 문틈을 비집고 어둠이 들어온다. 하루 중 그 어느 때보다 신선한 공기임에도 불구하고 나의 숨을 죄여오기 시작한다. 그녀의 향기, 그녀의 숨결이 섞이지 않은 새벽의 공기에는 고독한 냉기만이 남아있었다. 그 어디에서도 그녀를 느낄 수 없었다.

마치 시한부 인생을 사는 것만 같았다. 점점 흐려지는 그녀를 위해 애쓰는 추억 속의 나는, 결국 연기처럼 흩어져 기억 속에서 죽음을 맞이할 것이다. 그러나 연기는 영원히 남아 나의 뇌 속을 작은 벌레 마냥 기어 다니겠지. 영원히 나를 괴롭힐 추억. 순간.

겨울을 머금은 바람이 피부에 닿는다.
또 다시 눈꽃이 피어나려나 보다.

눈꽃은 살을 찢고 차갑게 피어난다.
벌어진 살 틈으로 흐르는 상실의 미련.

그럼에도 눈꽃이 아름다워 보이는 건
꽃잎에 깃든 추억 때문이겠지.

겨울이 지나 눈꽃은 녹아 내리고
눈꽃이 찢어놓은 상처만 덩그러니.

아물 때 즈음 다시 겨울이 오겠지.
또 눈꽃이 피어나겠지.

또 네 생각이 나겠지.

　글을 쓰기 시작했다. 그녀를 가장 생생하게 기억하기 위한 나의 마지막 몸부림. 물론, 단 몇 줄의 글로 그녀를 완벽하게 복원해 낸다는 것은 거의 불가능에 가까운 일임을 알고있다. 다만, 글 속의 어느 특별한 단어를 통해 그녀는 나의 기억 속에서 만개한다. 단어는 바늘처럼 내 머리를 관통해 그녀와 함께했던 어느 순간으로 나를 이끌고, 그녀와 내가 나눈 감성의 실로 추억 속을 꿰메어준다.

#13

 글을 쓰기 시작하면서 나의 생활은 그나마 최소한의 생명을 유지하기 시작했다. 자칫 봄이 전하는 생명의 기운 덕이라 오해할 뻔했지만, 나는 여전히 괴로웠다. 하루 종일 뚜렷한 움직임 없이 집 한 구석에서 글을 쓰다가, 종이 위의 모든 여백이 사라지면 벽에 기대어 글을 이어갔다. 배를 채우려 이것 저것 대충 주워 먹다가 더 이상 먹을 것이 없어지면 와인을 입에 부어 굶주린 배를 달랬다. 기껏 몇일이나 이런 생활을 버텨냈을까. 마치 방안의 모든 산소가 사라진 것처럼 결국 문 너머로 고개를 내밀었다.

 술에 취하면 생명도 없는 것들이 나를 섬뜩하게 만든다. 화장실 벽에 걸린 휴지가, 의미 없이 홀로 부딪히는 술잔이, 매일 같이 떠있는 달 하나가. 아등바등 살아가려는 나의 생명의 움직임을 눈치챈 것 같아서.
 굶주림에 대한 육체적 한계가 아닌, 나의 순정에게 바치는 정신적 한계. 혼미해진 의식에도 나는 그녀를 새기기 위한 종이와 펜을 사기 위해 나온 것이라는 오기 섞인 자존심을 부리고 있었다. 우습게도 음식들 사이에 짓눌려 구겨져버린 종이 모서리. 손가락 끝에 매달린 음식들이 민망한 자존심과 함께 흔들거렸다. 벌어진 봉지 사이로 음식이 보일 때마다 몰래 시체를 옮기는 살인마처럼 간담이 서늘했다.

나를 비웃어라. 얼마나 초라한가. 내게 손가락질 하고 나를 하찮게 여겨라. 모든 감정을 바쳤던 존재의 상실 이후 삶의 이유를 죽음에 향한 듯 지내온 내가, 죽음 따위 우스운 듯 지내온 내가, 살아보겠다고 무언가 붙들고 있다. 인간은 나약하다. 나는 나약하다. 죽음이란 나처럼 나약한 인간이 행할 수 있는 행동이 아닌 것이다. 더욱이 스스로 죽음을 맞이 하려 한다면 그 누구도 쉽게 저질러서는 안될 일이다. 죽음이란 생명의 무게에 대한 책임과 비장함, 그에 따른 위대한 태도가 갖추어 지지 않는다면 옳은 죽음일 수 없다. 나아가 그 경건한 태도의 두 어깨에는 더 위대한 가치에 대한 희생과 믿음이 놓여져 있어야 한다.

그러니 나를 마음껏 비웃어도 좋다. 이런 비겁하고 볼품없는 생존에 대한 본능과 핑계를, 마음껏 비웃어도 좋다. 나는 나의 생명을 좌지우지할 자격도 없다. 하지만 행여나 내 검지손가락 끝, 문드러진 살과 피를 비웃는 다면 용서할 수 없다. 지난 밤 펜을 대신해 희생을 강요당한 내 검지손가락의 끝과 벽의 흔적들을 비웃는다면, 섬뜩하리만큼 그녀를 새기고 싶었던 나의 그리움을 비웃는다면, 절대, 절대로 용서할 수 없다.

#14

    사계절의 하늘 중 가장 많이 우러러 보게 되는 하늘은 단언컨대 여름의 하늘이다. 여름의 하늘은 온전히 눈에 담아 낼 수 없기 때문이다. 오늘의 태양이 어제 보다 더 강렬한 빛을 뿜어내려는 여름. 여름의 하늘을 담아내려 애써보아도 태양에서 흩어져 나오는 빛의 조각들만이 눈에 아른거린다. 그것은 바로 여름의 조각들. 몇번을 시도해 보지만, 여름을 듬뿍 받아들인 나의 눈은 하염없이 감기고 만다. 감긴 나의 눈은 순간 어둠으로 뒤덮이지만, 곧이어 사라졌던 여름의 조각들이 모여 추억의 향연 속으로 나를 이끈다. 그곳엔 언제나 그녀가 있었다. 온전히 가질 수 없는 여름의 하늘처럼, 더 이상 가질 수 없는 그녀가 있었다.

    나를 둘러싼 모든 것이 그녀를 떠올리게 만든다. 그녀와 아무런 추억도 쌓여있지 않은 계절에, 그녀와 걸어본 적도 없는 길에서, 그녀의 손길이 조금도 닿지 않았던 물건에 그녀가 있다. 나는 미쳐버린 것일까. 아니, 이미 미쳐있다 해도 이상할 것은 없었다.

    껄끄러운 점이 있다면, 요즘 들어 나 스스로도 나의 행동이 정상이라 일컬어지는 범주를 벗어난 행동임을 인식하기 시작했다는 것이다. 그렇다고 해서 나의 행동에 부끄러움이나 망설임이 생긴 것은 아니다. 그저 이렇게 어둠에 둘러 쌓인 침대에 누워있다가 헛웃음이 나올 뿐이었다.

한여름에도 비가 오고나면 바람이 차다.

내 기억 속 뜨거웠던 너 역시도 그렇게 식어간다.

아마 나는 사람들이 흔히 말하는, 시간이 지나면 상처가 치유되는 어느 시점인가에 들어서려는 것 같다. 조금도 기쁘지 않다. 기쁘기는커녕 그녀를 위해 바쳤던 나의 진심이 그저 수많은 사람들이 겪었던 사랑이야기 속 흔하디 흔한 진심, 그 중 하나에 지나지 않는다는 자괴감이 들 뿐이다. 순수한 그리움만이 느껴졌던 나의 행동들에서 가식의 비린내가 나기 시작하는 것 같아, 더욱 괴롭기만 하다.

내게는 저 창문의 커튼을 걷어낼 용기가 없다. 여름의 조각이 스치기도 전에 아직 아물지 못한 지난날의 상처가 먼저 쓰라려, 커튼을 걷어내기가 반사적으로 두려웠다.

저 커튼 사이로 들어온 너의 그림자가

나의 두 눈을 가릴 때,

나는 영원히 울게 될지도 모른다.

내 방에 너를 비추는 거울은 없다.

푸른색은 새벽에 물드는 밤과, 달 빛에 반사된

눈물을 위한 색이다.

만약 저 커튼 너머로 남들보다 오래 머뭇거리는

그림자 하나가 있다면,

나는 깊은 밤 유일하게 홀로 서있고 싶은 사람이 될 것이다.

드리운 너의 그림자에 나를 끼워 맞추려

밤새 그리움의 축제를 벌일 것이다.

  창문 커튼에 검은 무언가가 간간이 스쳐 지나간다. 사람들이 지나가며 만들어낸 그림자인 듯 하다. 그림자들은 아마 눈치 채지 못하고 있겠지. 커튼 하나만 걷어내면 그림자보다 깊고 어두운 시선 하나가 자신들을 응시하고 있음을.

  단 하나의 커튼을 경계로 평범하고 분주한 일상과, 모든 것이 매마른 황량한 세계가 대조되고 있다니...... 갑자기 얇은 커튼 한 장이 거대한 단절감으로 다가왔다. 나의 평범한 일상은 어떠했던가. 커튼 너머의 세상에서 나라는 존재는 무엇이었던가. 이런 몰골의 내 모습이 정말 저 평범한 세상의 일부였던가.

  동굴 안, 쇠고랑에 발이 묶인 어느 존재가 있었다. 넓은 동굴 안에는 그 존재와 동굴 입구에 놓인 모닥불이 전부였다. 존재는 동굴 입구를 등지고 동굴 끝 넓고 평평한 벽면을 하염없이 바라보고 있었다. 이따금 검은 무언가가 스쳐지나 갔기 때문이다. 그 검은 무엇인가는 동굴 밖 자신 이외의 존재가 지나가며 만든 그림자였으나, 동굴 안에서의 시간 만이 전부였던 존재는 그것이 무엇인지 알 도리가 없었다. 동굴 안의 존재는 자신에 대한 인식조차 제대로 이루어지지 않은 상태였다. 심지어 동굴 벽에 비추는 검은 움직임들에 대한 조금의 호기심도 없었다.

얼마만큼의 세월이 흘렀는지도 모를 어느 날, 발에 묶여있던 쇠고랑이 낡아 끊어졌다. 동굴 안의 존재는 천천히 끊어진 쇠고랑을 끌고 움직였다. 오랜 시간 벗어날 수 없었던 공간을 넘어 움직이게 된 존재는 처음 느끼게 된 이질감 속에서 흥분했다. 어둠만이 전부였던 시야에 동굴 입구의 빛이 맺히자 존재는 무언가에 홀린 듯 동굴 입구 앞에 이르렀다.

존재는 두려웠다. 망설여졌다. 동굴 밖의 세계로 다가갈 수 있는 기회는 오히려 존재를 괴롭게 했다. 새로운 존재들에 대한 호기심과 설렘이 후회와 절망으로 바뀌게 될까 두려웠다. 동굴 안은 분명 안전하다. 이미 오랜 세월 겪어온 공간이라 확신할 수 있었다. 그러나 동굴 밖은 아무 것도 확신할 수 없는 새로운 인식의 통로.

존재는 동굴 안에서 지내온 시간보다 더 많은 시간을 고뇌할 수 밖에 없었다.

플라톤(Plato)이 말했던 인식의 동굴. 플라톤의 인식론. 그 위대한 증명이, 바로 이곳에서 재현 되고 있었다. 나라는 존재가 인식되기 위한 기본이자 필수적인 조건, '다른 존재의 유무'. 나 혼자만의 세상에서는 '나'라는 존재를 인식할 수 없다. 다른 존재가 '나'라는 존재를 확인해야만 나는 비로소 진정으로 세상에 존재하게 되는 것이다.

문득 무서웠다. 너무도 무섭다. 이래서는 그 동안 그녀를 지켜내려 행해온 광기 어린 나의 행동들이 무의미해질지도 모른다는 생각이 들었다. 이렇게 계속 나 혼자 만의 암흑 속에 갇혀 지내게 된다면. 나의 존재에 대한 인식은 대체 누가 해줄 수 있을까. 내가 지켜온 그녀에 대한 인식은. 이래서는 모두 사라지고 말 것이다.

지금 이 모습 그대로 세상에 인식되는 것은 더욱 큰일이다. 지금 나의 모습은 누가 보더라도 미친 사람에 가깝다. 만약 그녀가 지금 나의 이런 모습을 보게 된다면, 행여나 지금의 '나'라는 존재를 확인하는 다른 존재가 그녀가 된다면, 황홀했던 추억 속의 나는 미치광이로 다시 인식 될 것이다. 내게 미치광이라는 낙인이 찍혀버린다면 그땐 정말 되돌릴 수 없다. 이후 내가 아무리 멀쩡하고 말끔히 행동하더라도, 진심을 담아 그 어떤 얘기를 하게 되더라도 내게 찍힌 낙인을 보고 모두 등 돌리게 될 것이다. 그녀조차, 내게 등 돌리게 될 것이다.

낙인은 점점 내 살 속 깊이 파고 들어 추억 속 그녀의 살결마저 타 들어가게 할 것이다. 그녀에 대한 기억은, 그녀에 대한 나의 마음은, 그저 어느 미친 존재의 우스운 망상으로 비춰지게 될 것이다. 그녀 역시 미친 사람을 사랑했던 어리석은 사람으로 세상에 비추어 질 것이다. 그녀와 나의 진심이 가식과 거짓의 소용돌이 속으로 빨려들어가게 둘 수는 없다.

나의 존재를 지켜내야 그녀의 존재도 지킬 수 있다. 이제 그만, 커튼을 걷어내자.

#15

'Hier war ich glucklich, liebend und geliedt'

'행복한 나는 이곳에서 사랑하고 사랑 받았다'. 이 아름다운 글귀를 새길 때 괴테(Johann Wolfgang von Goethe)의 표정은 어떠했을까. 행복했던 기억에 물들어 미소 짓고 있었을지, 이미 과거가 되어버린 추억에 눈가가 촉촉해져 있었을지는, 괴테 자신만이 알고 있을 것이다.

한가지 분명한 사실은 이 글귀에는 괴테의 진심이 고스란히 담겨있다는 것이다. 이 글귀를 수백 번 되새긴 정도로 괴테의 본심을 알아챘다는 것은 말도 안되지만, 적어도 내게는 그렇게 느껴진다. 내가 아는 그 어떤 글귀 보다 단순하고 직설적이다. 그래서 더욱 꾸밈없이 솔직한 진심만으로 적어내려 간 것이라 믿어 의심치 않는다.

글귀는 되새길수록 이렇게 읽히기 시작한다. '이곳에서 사랑하고 사랑 받았던 나는 행복했었다.' 행복했었다, 행복, 했었다. 과거가 되어버렸음을 나타내는 어미. 나의 현재에 더 이상 존재하지 않는다는 의미.

결국 괴테의 글귀는 내 안의 우울 속에서 이렇게 새겨진다. '과거, 이곳에서 사랑하고 사랑 받았던 나는, 현재 더 이상 행복할 수 없다.' 그렇다 나는 더 이상 행복할 수 없……

"눈만 봐도 어느 구절을 되새기고 있는지 알겠네요."

왠 낯선 여자가 나를 보며 생글생글 웃고 있었다.

플라톤의 위대한 철학 덕에 나는 꽤나 매력적인 존재로서 새롭게 인식되고 있었다. 나만의 사랑의 문. 육교에 기대어 글을 쓰고 있다 보면 낯선 여자들이 심심치 않게 말을 걸어왔다. 하지만 곧, 딱딱하고 무심한 나의 대답에 포기를 선언하며 뒤돌아 섰다. 내가 반드시 그렇게 되도록 만들었으니까.

나는 그녀들에게 단 한번의 시선조차 준 적이 없다. 자신들이 멋 데로 써 내려간 시나리오에 나를 남자 주인공 역할로 캐스팅 했겠지만, 아쉽게도 잘못 짚어도 한참 잘못 짚었다. 여전히 나의 시나리오 속 여주인공은 오직 그녀 하나였다. 그녀 이외의 등장 인물은 존재하지 않는다. 그러니 지금 내 앞에서 해맑게 웃고 있는 이 여자 역시 잘못 짚었다. 다른 여자들이 그랬듯 최대한 언짢은 표정을 남기고 떠나는 것이 그녀가 나와 할 수 있는 최선의 대화일 것이다.

"이 곳에 무슨 추억이라도 있나봐요. 지나가다 자주 뵌 것 같아요."

" ...... "

"Hier war ich glucklich, liebend...... "

" ...... "

"시인이세요? 언뜻 보니 글을 쓰고 있는 것 같더라구요."

"……"

종종 이런 짓궂은 타입이 있다. 이럴 때는 내가 먼저 자리를 뜨는 것이 상책이다. 황급히 수첩을 덮고 자리를 피했다.

"제가 디자인한 시계를 차고 있다니 감사하네요."

발걸음이 멎었다. 반대로 심장은 요동치기 시작했다. 휘둥그래진 나의 눈 앞, 난생 처음보는 낯선 여자가 나를 보며 생글생글 웃고 있었다. 그녀의 이름은 다나에(Danae)였다.

#16

 낯선 여자는 내게 말할 틈도 주지 않고 혼자 신이 난 채 자기 소개를 시작했다. 낯선 여자의 이름은 앞서 말했듯 다나에. 단 한가지 사물만 찍는 포토그래퍼가 꿈이었던 그녀는 시계라는 정교하고 우아한 오브제의 매력을 사진에 담아내다 결국 이렇게 스스로 시계를 디자인하게 되었다고 한다.
 낯선 여자의 이야기에는 조금의 흥미도 없었지만, 시계라는 오브제가 매력적이라는 점에는 내심 동의하고 싶었다. 소중한 추억과 정교한 인생의 의미를 모두 담아 낼 수 있는 물건. 게다가 항상 바라볼 수 있는 거리에 지니며 함께 숨 쉴수 있는, 세상에 이런 물건이 얼마나 있을까 싶다.
 '시계를 보며 굳이 시간을 확인할 필요는 없다. 현재가 과거가 되는 위대한 순간의 가치를 깨우치면 될 뿐이다.'라는 글귀를 어느 책에서 인가 읽었던 기억이 났다. 겉멋 가득한 글귀라 생각했지만 심지어 누군가는 이렇게 말했다. '시계와 마주할 때, 어느 순간 시계의 작은 움직임에 압도당할 때가 있다. 손목 위의 작은 존재, 그 속의 더욱 작은 시계 바늘이 움직임에도 세상이 움직이는 것 같아 흠칫했었다.'라고. 시계가 나를 다시 에디트에게로 이끌 중요한 단서라는 기대가 한껏 부푼 지금. 이 과장되고 허세 짙은 말들이 조금도 우습게 들리지 않았다. 드디어 시계가 나의 믿음에 대한 보답을 해줄 시간이 찾아온 것이다.

내가 아닌 누군가의 시계에 채워진 추억은 분명, 나의 시계 속 추억과는 다르다. 나의 시계바늘은 헛돌고 있다. 시계바늘이 아무리 돌고 돌아도, 나는 그녀와 함께였던 과거에 머물러 있다. 반대로 그녀의 잔상은 여전히 나의 현재에 맴돌고 있었다. 나의 시계바늘은 아무래도 세상을 움직이기에는 역부족인 듯하다. 그녀가 떠난 세상에서 나를 구해주려 애쓰는 시계바늘의 움직임은, 금방이라도 시계 축에서 떨어져 나갈 듯 위태로워 보였다.

그럼에도 나는 이 시계를 나의 손목에서 떼어낼 수 없다. 시계가 감싸고 있는 나의 왼쪽 손목에 새겨진 그녀의 입술. 내가 만약 이 시계를 내 손목에서 풀어버린다면, 시계는 뜨거운 그녀의 감촉과 함께 증발해버리고 말 것이다.

내게 단 한번의 입맞춤 만이 허락 된다면
주저하지 않고 그대의 왼쪽 손목에 입 맞추리.

온몸에 향수가 퍼지듯 나의 진심,
그대의 온몸에 퍼질테니.

왼쪽 손목에 머물던 그녀의 입술, 눈물이 되어 무너지는 나의 몸으로부터 도망쳐 시계에 고스란히 스며들어있었다. 오랜 시간 손목에 맞닿아 있던 시계는 정교한 자신의 몸 속 곳곳에 그녀의 감촉을 간직해 놓았다. 소중한 추억을 담아낼 수 있는 오브제라는 명성에 걸맞게, 시계는 그녀를 완벽하게 보존하고 있었다. 나는 오늘도 시계를 바라보고, 시계바늘이 움직임과 동시에 단 하루의 기억 위를 그녀와 함께 움직였다. 시계바늘이 1에서 12에 이르듯, 그녀와의 만남과 이별 사이를 천천히 걷는다. 시계바늘이 12에 이를 때 즈음 눈을 감고 어둠 속의 하늘을 올려다 본다. 시계바늘이 12에 이르면 어차피 그녀는 보이지 않게 될 테니까.

고요는 의식이 무의식으로 바뀌는 순간을 희미하게 만들고, 꿈은 그녀와 눈물을 내게로 초대해 잠못드는 밤을 흐릿하게 만든다. 눈을 뜨면 또 다시 새로운 아침이겠지만 시계 바늘은 언제나처럼 다시 1을 가리키고 있었다. 나는 또 다시 그녀와 걷기 시작한다.

"무슨 생각을 그렇게 해요?"

꽤 오랜 시간 생각에 잠겨 있었는지 커피가 미지근해져 있었다. 그래, 나는 이 여자에게 반드시 물어봐야 할 것이 있다.

"시계 옆면에 새겨진 글귀, 대체 무슨 의미죠?"
"글귀 라뇨?"
"시계 옆면에 새겨진 MODI 1917 말입니다."
"아...... 아 그건, 음......"
"뜸들이지 말고 대답해주세요! 이 근방에 이런 이름을 가진 사람도, 이 숫자와 관련된 사람도 찾을 수 없었습니다."

"그...... 그럴만도하죠. 그건 제 시계 브랜드 이름이니까요."

"지금 장난치시는 겁니까?"

"장난이라뇨. MODI는 화가 아메데오 모딜리아니 (Amedeo Modigliani)의 별명이에요. 숫자 1917은 1917년도에 그가 운명적인 사랑에 빠졌기 때문이죠. 제 시계도 새로운 주인과 운명적으로 만나길 바라는 마음에……"

"…… 두번 다시 물어보지 않겠습니다. 그게 정말 사실인건가요?"

"…… 네. 그러니까 그만 진정하세요. 그렇게 다그치니 무서워요."

"…… 에디트라는 여자에 대해서 알고계신가요? 이 시계의 원래 주인입니다."

"아뇨. 저는 시계를 만들기만 할 뿐, 누구에게 시계가 전해지는지에 대해서는 관여하지 않아서요."

너무 어이가 없어 오히려 차분해졌다. 분명 어떤 사소한 단서라도 지녔을 거라 생각했다. 아무리 하찮고 쓸모 없는 것일지라도 분명 그녀와 관련된 단서일거라 믿었다. 아니, 그래야만 했다. 이별의 잔해처럼 나뉘어진 4개의 글자와 4개의 숫자. 중간에 놓인 단 한칸의 공백, 나와 그녀를 떨어트려 놓은 야속한 세월처럼 공허한 단 한칸의 공백. 이 글귀는 반드시 그녀를 나와 다시 마주하게 해줄 연결고리여야 했다. 그녀가 내게 구체적으로 남긴 추억의 감촉. 그녀가 어디에 숨어있던 나를 그녀에게 이르게 해줄 단서여야 했다. 그녀가 내게 남긴 유일한 물건이 있기에.

MODI 1917, MODI 1917, MODI, 1917…… 눈을 감아도 마치 문신이 되어 눈꺼풀에 박힌 듯 선명했지만, 그녀가 나를 위해 남긴 희망이라 여겼던 글귀는 나의 망상이 만들어낸 허구였다. 여태껏 보물섬이 표시된 가짜 지도를 보고 있었다. 여러 단서들을 억지로 짜맞춰가며 보물에 다가가고 있다고 착각하고 있었다. 이제와 사방을 둘러보니 수평선 밖에 보이지 않았다. 섬 하나 보이지 않는, 파도 한번 일지 않는 바다 한 가운데에서 나침반을 잃었다. 이제 나는 어딜 향해 가야 하는 걸까.

시선을 어디에 두어야 할지 모른 채 자리를 박차고 일어났다.

"갑자기 왜 그러는 거죠? 어디 가는 거에요?"
"더 이상 말을 섞을 이유가 없습니다."
"이봐요, 이봐요!"

네 잎 클로버,
네 잎 클로버여.

이루고픈 소원이 있어 미친 듯 너를
찾아 헤매이다.

문득 너에 대한 간절함과 네가 정말,
내 앞에 나타났을 때의 두려움에 손이 멎는다.

나의 소원을 속삭였음에도
네가 나의 몸에 스치는 바람처럼
나의 간절함 마져 흩날려 버린다면.

덤덤하게 너와 나 사이의 정적을 가로질러
너의 가녀린 목을 꺾어 버리겠지.

너와 나 마주하기까지 흘려 보낸 시간들
그 너머에 담긴 의미를 끝임없이 물으며

너와 나 함께 시들어 가겠지.

    손목이 허전하다. 글을 써 내려가는 동안에도 자꾸 손목을 어루만지게 된다. 손목 주위의 중력이 뒤틀린 느낌이다. 박물관 안의 수 많은 유물들을 볼 때면 항상 의문이 들었다. 어떻게 수천 수만 년의 세월 속에서도 형체를 보존할 수 있었을까. 수 많은 자연재해와 전쟁을 거치고 나서도, 수 많은 세대의 손길을 다 받아주고 나서도 여전히 현재에 흔적을 남기고 있다니. 내가 되돌아가보지 못할 과거의 시간들을 이용해 나를 조롱하고 있다고 의심했었다.

 오늘에야 다시 그 의심을 되짚어보니 충분히 그럴 수 도 있겠다는 생각이 들었다. 기껏해야 1년 좀 넘게 머물렀던 흔적이 이렇게 깊은 여운으로 남기도 하니 말이다. 남겨진다는 것은 어쩌면, 견뎌온 시간의 문제가 아니라 의미의 무게로 진심이 측정 되는 것은 아닐까. 누군가의 기억 속에 끈질기게 남아보겠다는 고독한 진심. 나의 시계는, 에디트가 내게 채워준 그 시계는, 내게 수천 년의 세월과 버금가는 의미를 부여 받았었으니까.

 하지만 어젯밤, 나는 그 시계를 탁자 위에 내려 놓았다. 내가 느끼는 어색함만큼이나 시계도 지금쯤 평소와 다른 공간에 놓인 자신을 어색해하고 있을 것이다. 이 시계의 아름다움은 수천 년의 세월과 버금갈지 언정, 내가 부여했던 의미까지는 보존하지 못했다. 애타게 찾아 헤맸던 희망의 네 잎 클로버는 근거 없는 이야기 속 작은 착각에 불과 했다. 나는 덤덤하게 네 잎 클로버의 목을 꺾어 차디찬 탁자 위에 내려 놓았다. 시들어 버린 네 잎 클로버를 지니고 있을 이유는 없으니까.

 마음의 안정을 찾아 부서진 육교에 왔다. 종이 위의 글자가 아득해질 무렵, 손목을 돌려 시간을 확인 하려 했지만 새하얀 살결 만이 보였다. 아직 별과 달이 도착하지 않은 푸르스름한 밤 아래, 하나 둘 켜지는 가로등 불빛. 불빛 아래를 서성이는 나의 살결은 마치, 눈이 내려 앉은 것 같았다.

돋보기처럼 응시하고 있던 시선이 손목으로 가득해지자, 마치 새벽의 눈 내린 거리가 눈앞에 펼쳐지는 듯 했다. 아직 아무런 발자국이 새겨지지 않은 순수의 거리. 구름 한 점 간격으로 달라지는 미묘한 하늘의 색이 만든 환각도, 어둠에 빨려 들어가듯 퍼지는 희미한 불빛이 이끈 착각도 아니었다. 조금의 낯 섬도 느껴지지 않는 이 거리는 분명, 그날의 거리 였다.

그날처럼 고개를 돌려 턱까지 차오른 숨을 눈물로 참아 보려했지만, 그녀는 없었다. 갑자기 시계의 부재가 그녀의 부재처럼 느껴 졌다. 내가 시계를 바라볼 때 시간을 제대로 확인한 적이 있긴 했을까. 나는 시간을 확인하던 것이 아니라 그녀를 확인하고 있었다. 돌이켜보니 언제나 그러했다. 시계는 시침의 위치에 관계없이, 언제나 나를 그녀와 함께있던 시간에 이르게 했다. 결국 시간은 내게 무의미했던 것이다. 어렴풋이 떠오르는 그녀의 네번째 손가락이 초침처럼 아른거려 나의 눈물을 재촉하곤 했을 뿐.

"찰칵."

방금 분명 건너편 돌담에서 미세한 불빛과 함께 소리가 났다. 인기척이 느껴지는 정적이 굉장한 섬뜩함으로 다가 왔지만, 확인하지 않고 가기엔 찝찝했다. 언뜻 듣기에도 카메라 셔터 소리와 흡사한 것이 더욱 확인하지 않고는 마음이 편치 않았다.

천천히 돌담에 다가갔다. 다행이 돌담 근처에 가로등이 있어, 죄여오는 긴장감을 덜어주었다. 돌담에 닿기까지 세 네 발자국 남짓, 낮은 돌담 너머로 몸을 웅크리고 앉아 있는 여자의 모습이 보였다. 내게 무언가 위협을 가할지도 모를 일이었지만, 여린 체구와 모양새로 보아 그리 위협적으로 느껴지지 않았다. 심지어 나보다 더 조마조마한 모습이었다.

"나오세요."
"……"

일부러 굵고 강직한 목소리로 말했지만 아무런 반응 없이 꿈쩍도 하지 않았다. 여전한 정적으로 인해 공포심에 휩싸여 가는건 오히려 내 쪽이었다. 위압감을 벗어나려 돌담 너머로 뛰어가 외쳤다.

"무슨 짓이죠? 누구 맘대로 사진을 찍는 겁니까!"
"미…미안해요."

깜짝 놀라 사과하는 여자를 보고 소름이 돋아 발걸음이 뒤로 질척거렸다. 그것도 잠시, 놀라 벌어진 동공으로 순식간에 분노가 차올랐다. 몸을 지배한 분노가 거칠게 여자의 카메라를 빼앗아 바닥에 내동댕이쳤다. 산산조각 난 렌즈 조각들이 가로등 불빛 아래에서 처량하게 빛났다. 마땅히 해야 할 일을 했다는 듯 고개를 빳빳이 들고 그녀를 노려보려는 찰나, 그녀의 눈가에 고인 눈물 한 방울이 가로등 불빛에 울먹였다.

분노가 앗아갔던 냉정이 단숨에 이성을 자극했다. 방금 정말 볼품없는 행동을 해버렸다. 이런 행동이 얼마나 볼품없는지 알고 있으면서도 이런 행동을 저질러 버리다니. 어떤 말을 해야 할지 몰라 애꿎은 입술만 깨물었다.

비가 오다 그치기를 반복하는 어느 언짢은 날이 었던가. 길을 걷다 정면에서 걸어오는 누군가와 눈이 마주쳤다. 나보다 짙은 슬픔, 나보다 더 깊은 눈물샘을 가지고 있던 눈. 가끔 짧은 순간이 더 많은 것을 이야기 해주듯, 그 사람의 눈에 거짓은 없었다. 이는 마치 지금 누군가를 사랑해서 아파하는 사람, 사랑하게 될 누군가에 대한 미안함 때문에 아파하는 사람, 사랑했던 누군와의 기억 때문에 아파하는 사람 모두를 하룻밤 사이에 만난 기분이었다.

함부로 분노해서도, 함부로 슬퍼해서도 안된다 생각했다. 내가 세상에서 가장 불행한 사람이라고 소리치며 살아서는 안된다고 생각했다. 그 사람의 눈에는 같은 아픔을 겪어본 사람만이 눈치챌 수 있는 눈물이 서려있었다. 허나, 같은 아픔을 경험한 사람조차 치유해 줄 수는 없는 그런 슬픔이었다. 그럼에도 이 드넓은 세상에는 분명 그 상처를 따스히 보듬어 줄 수 있는 누군가가 있다고 믿기에, 그 누군가는 분명 내가 모를, 그 사람만이 알고 있을 단 한명의 사람임을 알기에 그 슬픔을 모른척 했다.

 남자와 여자라는 존재 사이에 잘잘못을 따지거나, 굳이 잘못의 무게를 저울질 해야겠다면 가장 정확한 척도는 여자의 눈물일지도 모른다. 여자가 눈물 흘렸다고 해서 남자가 나쁘고 잘못을 다 짊어지라는 것은 아니다. 여자가 눈물을 흘린다면 남자는 말없이 닦아주면 된다. 저울이 균형을 잃는다면 다시 함께 되돌려 놓으면 될 일이다.

 세상은 의외로 아무 일도 일어나지 않는다. 이 악물고 손에 쥐고 살아온 모든 것들을 내려 놓아도, 아무 일도 일어나지 않는다. 진심으로 사랑하는 사람을 품에 안고 하나의 그림자가 될 때의 행복을 안다면, 옳고 그름으로 서로를 가를 필요는 없는 것이다.

 이 이야기가 왜 떠올랐는지는 모르겠지만, 지난번 내 앞에서 생글생글 웃고 있던 여자가 이번엔 내 앞에서 아이처럼 울고 있다. 다나에, 그녀가 너무 어린아이 마냥 티없이 맑게 울고있어, 난 그저 말없이 고개 숙일 수 밖에 없었다.

#17

　와인가게 안의 시선이 모두 나를 훔쳐 보고 있음이 불편할 정도로 느껴졌다. 하긴 그럴 만도 하다. 여기서 일하게 된 뒤 누군가를 데리고 온 적도 없지만 말조차 거의 하지 않는 내가 뜬금없이 여자를 데려오다니, 놀랄 만도 하다. 그것도 꽤나 매력 적인 여자를.

　와인도 와인이지만, 가끔 정말이지 내 기분에 딱 맞는 노래를 틀어주는 가게가 있다. 오늘 나의 기분을 눈치채고있는 것처럼 행동하는, 그런 가게. 가만히 눈을 감고 노랫말에 귀 기울여 본다. 노래 안의 단어 하나가 술을 반쯤 남긴 나의 알딸딸함 사이를 치고 들어오는 것이 심상치 않다. 흘러나오던 노래가 끝나고 다음 곡으로 넘어가려는 그 짤막한 틈, 순간의 정적. 나는 어느새 그 작은 공백 사이에 앉아 술 잔을 기울인다. 나를 둘러싼 소리들, 옆 테이블을 향해 귀를 돌린다.

　놀라운 사실을 깨닫게 된다. 노랫 소리는 잠시 그들의 이야기 뒤로 사그러들고, 사람들은 볼륨을 높여 자신의 이야기를 들어달라 한다. 그들의 아픔이 나지막히 들리기 시작한다. 간절히 듣고 싶었던 노래보다도 깊은 그들의 이야기가 하나의 음악이 되어 흘러나온다.

　세상 모든 사람들이 사랑에 지친 사람과 사랑에 미친 사람으로 나뉘기 시작한다. 나는, 나 역시. 내가 가진 추억을 나만의 것으로 간직하려 발버둥친다.

어느새 같이 일하는 동료가 그녀에게 접근해 내가 이곳에서 일하게 된 사연을 말하고 있었다. 아마 바보 같은 이야기로 여자를 꼬시기 위한 것일 테지. 오히려 잘 된 일이다. 말주변 없는 내가 어수룩한 솜씨로 저 여자를 달래려 애쓰지 않아도 되니까. 심지어 그녀는 다시 웃고 있었다.

다나에는 빼어난 미모는 아니지만 치명적으로 묘한 매력이 있었다. 금발에 가까운 색을 지닌 머리카락 아래 수줍게 그려진 갈색 눈썹. 가녀리게 그어지는 몸의 곡선과 허리를 감싸고 있는 탄력. 청초한 피부 곳곳에 별자리처럼 펼쳐진 작지만 깊고 진한 점들. 이 낯설지만 신선한 조합들은 그녀 안에서 정교한 조화로 자리잡고 있었다. 특히나 타고난 듯 자연스런 눈웃음은 무심코 그녀를 다시 한번 바라보게 만들었다.

"매일 와인에 취해 주정 부리다 일하게 되었다면서요?"

어김없는 눈웃음에 약간 창피했지만 분명한 사실이었다. 매일 같이 와인을 마시며 술에 절어 생활하던 때 와인을 사던 곳이 바로 이곳이다. 널리고 널린 와인가게 중 이곳에 발을 들였던 이유는 단순하고도 별난 이유였다.

여느 와인 가게와 다름없이 천장에 거꾸로 매달려 말라가는 와인 잔들, 그중 오직 단 하나의 잔 만이 흔들리고 있던 것이 괜히 마음에 들었다. 천장 끝자락에 걸린 단 하나의 잔이, 창가 가장 가까이에서 불어오는 바람을 홀로 흘려보내고 있었다. 신기할 정도로 잔 하나만을 흔드는 이 바람처럼, 아무도 모르는 장소의 어느 이름 모를 방랑자가 되고 싶었다. 하지만, 나는 그저 저 흔들리는 와인 잔일 뿐이었다.

당시, 매일 같이 여러 와인을 마시다 보니 어느새 주인장만큼이나 와인에 대한 안목과 감각이 쌓인 나였다. 그런 나를 주인장은 이 곳에서 일하게 만들고 싶어 했다. 주인장이 나를 멈춰 세우고 몇 번이나 일을 제안 했지만, 그녀를 되새기는 것만으로도 하루가 급급했던 나에게 주인장의 말이 들렸을리 없었다. 그래도 주인장은 대꾸 조차 하지 않는 나의 무례한 모습 조차 마음에 들어했다. 간혹 시 비슷한 것을 혼자 중얼거리기도 하고, 술김에 냅킨에 글을 끄적인 적도 꽤 있었던 것 같다.

우연히 와인의 매력을 하나 발견했다. 파리의 심판을 무대로 펼쳐졌던 단 하나의 오페라는 관객을 모두 혼란에 빠트렸지만, 나는 적어도 크나큰 진리를 하나 깨달아 버린 단 한명의 광대. 감히 눈물 모양의 문신을 입술에 새기고 떠들어보려 한다. 캘리포니아의 포도는 첫 잔에 맴도는 풍성함을 일러주려 태어났고, 보르도의 포도는 마지막 잔에 담길 황홀함을 선사하려 샤또에 뿌리내렸다. 이는 마치 같은 크기의 상처에 따를 두가지 고통의 방향을 스스로 선택해보는 것과 같다. 견뎌낼 수 있을지 조차 모르지만, 주어진 상처를 상상도 못할 단한번의 고통으로 받아내 보는 것. 그리고 같은 크기의 상처를 가늠할 수 없는 시간으로 잘개 쪼개어, 마지막 상처의 조각이 자신의 몸에 박혀 사라질 때까지 견뎌 보는 것.

하루는 주인장이 이처럼 적힌 냅킨을 내게 보여주며 나를 설득하려 했던 기억이 난다. 나는 단순히 미친게 아니라고. 내가 이곳에서 처음 냅킨에 적었던 글이었다.

물론 당시 나의 몰골 자체도 말이 아니긴 했지만 이런 괴상한 행동까지 하는 나를, 직원들은 정신 나간 술 주정뱅이로 여기며 상대하지 않으려 했다. 그럼에도 주인장은 내게 와인을 종종 공짜로 내어주곤 했다. 그저 오그라들정도로 우울한 나의 글과 나의 광기어린 모습이 펼치는 퍼포먼스에 대한 동정이려니 했다. 직원들의 놀림도 주인장의 호의도 분별할 정신이 당시의 내게는 없었으니까.

커튼을 걷어내고 빛을 다시 받아들인 뒤, 곧 와인 한 병 살 돈도 없다는 현실을 깨닫고 자연스레 일하게 되었다. 말끔해진 나를 보고 아무도 못 알아 보는 바람에 혼자 중얼거렸던 시들을 읊은 뒤에야 겨우 일자리를 얻었다는 이야기도 이미 들은 듯, 그녀의 눈웃음은 더욱 짙어 지고 있었다.

"그래도 덕분에 와인의 진정한 매력을 알게 되었죠"
"그 말, 믿어 줄께요. 제게 어울리는 와인 한 병 선물해 주세요. 카메라에 대한 빚은 이걸로 대신 해줄께요."

무언가 핑계를 대보려 했지만 그럴 수 없다는 것을 깨닫고 힘없이 고개를 끄덕였다. 일부러 더 내키지 않는다는 표정으로 그녀의 손을 바라보았다. 잠깐의 고민 후, 병 앞면에 은박의 해와 달이 장식 된 멋스러운 와인 한 병을 그녀 앞에 내놓았다.

씨클로 소비뇽 블랑(Ciclos Sauvignon Blanc). 솔직히 이 와인은 싱그러운 남미의 햇살과 상쾌한 바닷 바람을 배경으로 할 때 최상의 맛을 내는 와인이라 생각되지만, 그럼에도 늦은 밤 이 와인을 내놓은 이유는, 행여나 술에 취한 그녀를 집에 데려다 줘야 하는 상황과 맞닥뜨리고 싶지 않기 때문이었다. 화이트 와인임에도 와인에게 익숙하지 않은 사람이 마시기엔 조금 부담스러운 와인으로, 아마 그녀에게 있어서 두 세 잔이 최선일 것이다.

이런 비겁한 나의 마음을 스스로 변호 하자면, 비록 그녀를 밀어내기 위한 와인일지라도 그녀의 부탁을 거짓으로 무마하는 것은 결코 아니다. 내가 그린 상상의 그림과 현실이 일치하게 된다면, 이 와인은 그녀에게 가장 어울리는 와인임에 틀림없다. 천천히 코르크 마개를 걷어내자 와인의 첫 향기가 병을 타고 올라와 수줍게 나의 코를 붉혔다. 오직 첫 잔에만 담아낼 수 있는 이 향기야 말로 음미라는 단어가 존재하는 이유라 할 수 있겠다. 와인 병에 새겨진 해와 달 만큼이나 섬세하게 따라낸 잔이 그녀의 손에 쥐어진 것을 보며 기쁨을 감췄다. 나의 그림이 상상과 현실의 벽을 허물고 그대로 실현 되고 있음이 보였다.

해와 달의 등을 어루만지고 있던 은빛 물결은 둘의 기운을 하늘 가득 머금고 그녀의 손끝에 걸려 있었다. 싱그러운 남미의 햇살이 움추려있던 와인 향에 취하고, 해가 달에게 자리를 양보했지만 별의 모습은 보이지 않았다. 지쳐 늘어진 구름이 달을 베어물자, 가녀린 달빛이 서둘러 몸을 숨겼다. 달빛이 애써 가리킨 곳은 은빛 물결 아래 보이는 백사장 같은 그녀의 살결. 모래 위를 따라 걷다 보니 곳곳에 숨겨져 있던 그녀의 짙은 점들에 이르렀다. 은빛 물결에 몸을 맡기고 유유히 헤엄치는 점들이, 우유빛깔 껍질 안의 흑색 진주처럼 내게 손짓했다. 아름다움에 홀려 다가가 손을 뻗어보니, 그들이 바로 별이었다. 아, 세상을 창조한 먼지로 뭉쳐진 그들은 하늘에는 뜨지 못할 별들이었다. 심연의 색으로 쏟아낸 검은 별들이 전부 하나의 시선 속에 모여있었다. 은빛 물결 위, 덩그러니 그려져 있던 달이 이 순간을 얼마나 애타게 기다렸을까. 그림은 그녀가 달을 감싸 쥐며 홀린 별들로 완성되어있었다.

상상대로 완성된 그림에 몰래 뿌듯해 하고 있는 나의 자만을 꾸짖기 라도 하듯, 그녀는 나의 예상을 깨고 보기 좋게 5번째 잔을 들이키고 있었다. 병이 바닥을 드러낼 무렵 그녀의 아이 같은 면모가 더욱 발휘되었다. 혼잣말 하듯 내게 이런저런 얘기를 중얼거리다 어느새 다른 테이블 사람들과 웃고 떠들며 와인을 마시고 있었다. 바텐더와도 이런 저런 이야기를 나누더니 금세 다른 곳을 향해 비틀거렸다. 갑자기 듣고 싶은 노래가 떠올랐다며 아무렇지 않게 계산대를 넘어가 멋대로 노래를 바꿔 틀기 시작했다.

앞서 이런 그녀의 모습을 면모라는 단어로 표현한 이유는,

아무도 그녀의 행동에 대해 불쾌해 하지 않았기 때문이다. 다들 화사한 낮의 거리에서 우연히 만난 귀여운 여자 아이의 애교를 바라보듯 그녀를 바라보고 있었다. 확실히 그녀는 상대방이 방심하는 순간 입 꼬리를 올라가게 만드는 치명적인 무언가를 지니고 있는 듯 했다. 단순히 순진무구하다고 정의 내리기엔 납득하기 어려운 타고난 무언가. 이런 생각을 하게 만드는 것 조차 그녀가 지닌 강력한 매력 때문이겠지…… 다나에, 그녀가 점점 싫어진다.

손님들이 모두 떠나갈 때 즈음 그녀는 결국 소파에 머리를 박고 잠이 들었다. 그녀 앞에 앉아 테이블 위에 남겨진 와인 한잔을 따라 마셨다. 와인 맛이 형편 없게 느껴졌다. 와인은 기분에 따라 맛이 다르게 느껴진다는 속설이 괜한 소리는 아닌 듯 싶다. 그녀가 맘에 안 드는 것은 사실이지만 술에 만취한 여자를 홀로 두고 갈 만큼 모나게 살고 싶지는 않았다. 근처 여관에 재우고 올까도 생각 했지만, 다른 여자가 등에 업혀 있다고 생각하니 그야말로 등골이 오싹했다. 에디트가 아닌 다른 여자가.

어느 날 신발끈을 묶지 못했던 적이 있었다. 길을 걷다 신발끈이 풀린 느낌이 들었지만 도저히 신발끈을 묶을 수 없었다. 신발끈을 묶으려 고개를 숙이려는 찰나, 그녀가 내 앞을 지나갈 지도 모른다는 생각에. 결국 역으로 묶여버린 나의 일상은 신발끈이 너덜너덜 해질 때까지 계속되었지만, 그녀가 내 앞을 지나가는 순간은 오지 않았다.

조심스레 신발끈을 훔쳐보니 너무도 말끔하게 묶여있었다. 하지만 묶여있는 신발끈이 기적의 순간에 대한 포기를 의미하는 것은 아니다. 여전히 그녀가 내 앞을 지나가는 순간이 오기를 간절히 바라고 있다. 그렇기에 절대로 다른 여자를 등에 업고 나갈 수는 없다. 에디트가 내 앞을 지나가는 운명의 날이 하필 오늘일 수도 있다. 오랜 시간 절절히 기다려온 그 순간에 만약 다른 여자가 내 등에 업혀 있는 것을 그녀가 본다면. 상상만으로도 끔찍해 헛구역질이 났다. 지금까지 그녀를 위해 써내려 왔던 글 들은 가식의 쓰레기 조각이 될 것이고, 그녀를 위해 굳게 지켜온 진심은 오해와 실망으로 더럽혀지겠지.

혹시나 하는 마음에 다시 한번 신발끈을 바라보니, 역시나 말끔하게 묶여있었다. 아닌 것을 알지만, 자꾸만 그녀에 대한 그리움이 무뎌진 것 같은 기분이 들어 찝찝했다. 인간은 나약하지만, 모든 인간은 한번쯤 거대한 시간의 흐름에 맞서 거꾸로 걷는 것을 택해본다.

시간은 한결같이 앞으로 흐르지만
지나간 추억을 붙잡으려 뒷 걸음질 쳐본다.

추억을 잡아보려 손을 뻗어보지만
시간은 나를 자꾸만 먼 곳으로.

심장이 부서져라 안간힘을 쓰려하니

시간은 매섭게 몸을 찌그러트려

결국 주저앉은 살덩이를 어루만져보니
시간이 내게 새겨놓은 주름들만이.

눈물은 가장 깊은 주름을 타고 흘러
시간도 이는 밀어내지 못해.

촉촉함의 끝 가장 간절했던 기억이 씨앗이되니
시간은 나와 함께 숨이 멎고.

고요해진 공간 속 마지막 눈꺼풀이
시간의 무게에 잠길 때 즈음,

눈물로 적셔진 땅이 피어낸 꽃을 바라보니
시간이 그대를 갈라놓았던 추억 속.

그 안에 내가 영원히 존재함을 느낀 것은
시간도 앗아가지 못했던 숨결 하나.

가벼워진 고개를 들어
인간은 시간을 거슬러 걷는다 라고.

꽃잎 하나하나에 입 맞추었네.

 인간이란 추억을 내려놓을 수 없다. 인간은 추억을 완전히 내려 놓을 수 없어 시간을 거슬러 반대로 걷는다. 내려 놓을 수 없는 기억을 두고 추억이라 부르는 것일지도 모른다. 죽음에 이르기까지, 어쩌면 죽음을 맞이한 후에도 내려 놓지 못한 추억에 무거워진 고개가 숙여져, 시선이 이른 곳은 또 다시 추억 일지도 모른다.

 바다 한 가운데를 바라보며 봄이와 꽃이 피길 기다리는 마음. 어느 중국 시인이 한 평생 사랑했던 여인과 이루지 못한 사랑에 스스로 목숨을 끊기 전 써내려 간 마지막 시. 그는 차디찬 바다 한 가운데를 바라보며, 따뜻한 봄이 찾아와 꽃이 피는 것을 볼 수 있길 바랬다. 그녀와 이루지 못했던 사랑처럼 너무나도 불가능한 일. 기대해 볼 수 있는 일도, 기적도 아닌, 그저 절대 이루어질 수 없는 일. 그는 죽음으로써 추억에서 벗어나려 했겠지만, 여전히 바람 한번 불지 않아 파도가 일지 않는 바다 한 가운데를 바라보며 따뜻했던 봄날의 꽃을 추억하고 있을 것이다. 우리 모두 그렇게 영원히 추억 속을……

 "또 뭔가 쓰는 거에요? 나한테 편지도 좀 써주지."

 언제 잠에서 깨어났는지, 그녀는 내 어깨에 기댈 기세로 글을 들여다 보고 있었다. 내게 다가와 말 걸었던 첫만남의 그날처럼.

"속은 좀 어때요?"
"생각없이 마신 것 치곤 괜찮네요. 왠 일로 남 걱정을 다 하......"
"괜찮으면 이제 그만 집에 돌아가세요."
"쌀쌀맞긴, 알았어요 같이 나가요."
"......"

가게를 나오는 동안에도 그녀는 끊임없이 내게 말을 걸었다.

"어제 어떻게 된 거에요? 제가 막 못볼꼴 보이고 그런 거 아니죠?"
"......"
"어느 방향으로 가요? 같은 방향이면 좋겠다. 같이 가면 덜 심심할텐데"
"......"
"아 참, 취해버린 탓에 맛은 까먹었지만, 선물해준 와인 정말 마음에 들었던 걸로 기억해요. 그러니까 그렇게 다 마셔버렸던 거겠죠? 헤헤. 고마워요. 그리고......"
"저기요"
"네?"
"말 좀 그만 걸어 주세요, 너무 피곤하네요."

"아, 미안해요 그런 줄도 모르고."

"아니, 두 번 다시 제게 말 거는 일 없었으면 좋겠어요. 이제 저희 사이의 빚은 깨끗하게 사라진 것 같으니 우연히 마주치더라도 아는 척 하지 말아주세요."

"……"

차가운 나의 말에 또 다시 그녀가 울음을 터트리지 않을까 조마조마했지만, 뒤도 돌아보지 않고 발걸음을 재촉했다. 집에 들어서며 문이 열렸다 닫히는 순간까지도 행여나 그녀의 목소리가 나를 붙잡을까 귀가 예민해졌다. 굳게 닫힌 문을 등진 채 한숨을 내쉬고 나서야, 그녀와의 인연이 끝내 잘라나갔음에 안심했다.

탁자 위에 놓인 시계가 반쯤 풀린 나의 눈에 들어왔다. 이른 아침에만 볼 수 있는 회색 빛이 시계의 유리 표면에 짙게 저물고 있었다. 그럼에도 시계는 너무도 아름다웠다. 모든 의미를 잃어버린, 시들어 버린 집착 임에도 시계는 너무도 아름다웠다. 이 시계가 이토록 아름다운 이유가 순전히 디자인의 미학 때문인지, 시계에 깃들어 있는 추억 때문인지. 피로가 짓누르는 몽롱함에 평소보다 더욱 헷갈렸다.

시계 바늘이 한 칸 한 칸 움직일 때 마다 나를 조롱하는 것 같은 기분이 들었다. 당장이라도 시계를 박살 내버리고 싶어 하는 나의 상처입은 믿음. 그럼에도 끝내 떨쳐내지 못할 미친 기억의 반복. 언제나처럼 시계의 매혹 앞에 수그러들고 마는 나의 여린 분노도, 오늘은 전부 꼴보기 싫었다.

솔직히 오늘은 시계를 어루만질 힘조차 남아있지 않았다. 요즘 들어 평소와 다르게 심장이 뛰었던 탓일까. 심장이 엇박으로 뛰며 쌓여갔던 피로는 고스란히 나를 침대위로 짓눌렀다. 가끔 이렇게 정신을 잃듯 잠드는 날이 오히려 개운하다며 나를 다독여 보았다. 몸은 으스러질 것 같지만, 적어도 아무런 생각 없이 잠들 수 있으니까. 덕분에 그녀에 대한 생각조차 짓눌려버리니까.

#18

  인간의 몸은 아이러니하게도 잠을 너무 많이 자게 되면 오히려 움직이기 버거울 정도로 텁텁하다. 오랜 시간 태엽을 감지 않았던 시계의 시계바늘이 다시 움직이려, 뻐딱하게 몸을 기울이는 것처럼.

  너무 오랜 시간 잠들어 있던 탓인지, 잠결에 떠오른 얕은 생각들과 함께 깊은 사색에 빠지고 싶어졌다. 내가 잠들어있던 동안의 세상은 어떻게 흘러가고 있었을까, 내가 마주하지 못하고 흘러간 시간 속의 나는 무엇을 지나쳐 보낸 것일까…… 이런 몽환적인 의문들은 어느덧 심오한 고민이 되어, '힐러리 퍼트남(Hilary Whitehall Putnam)의 상자 속의 뇌'에까지 이르렀다.

  그는 사실 우리의 뇌가 생명을 유지할 수 있게 해주는 작은 상자 속에 담겨져 있을 뿐이라고 생각했다. 뇌의 신경 조직은 최첨단 과학 장치에 연결되어있어, 사실 우리가 현실이라 인지하고 생활하는 여러 감각과 경험은 장치에 의한 전기적 자극에 불과하다고 상상해본 것이다. 우리가 바라보고 느끼는 진상(眞像)은 사실 수많은 상자 속의 작은 뇌 하나에 불과하다는 것이 그의 주장. 그의 철학을 바탕으로, 우리는 거짓투성이 세상에 살고 있는 것이었다. 아침에 일어나 진한 커피한잔을 마실 때의 목 넘김도, 코를 가득 채우는 커피의 깊은 향도, 커피를 마신 뒤 내쉬는 따뜻한 숨마저도 모두 거짓인 것이다.

  그래서 그런지 오늘 같은 날, 퍼트남의 철학은 더욱 설득력을 발휘한다. 상자 속에 갇힌 나의 뇌는 요즘들어 순탄치 않은 날들을 보냈다. 평소보다 유독 심장에 집중되는 강도 높은 전기적 자극에 뇌가 과열되고 있었겠지. 과도한 자극에 지친 나의 뇌는 어떻게든 작동을 멈추어야 했고, 장치는 결국 나에게 꽤나 오랜 잠을 설정하게 된 것이다......

퍼트남의 상자 속에 나의 상황을 억지로 끼워 맞추고 있다는 것을 감지하고 나서야 입가에 부끄러운 미소가 번졌다. 하지만 퍼트남의 철학을 처음 접했을 때의 그 소름만은 진실된 충격이었다. 나는 한동안 정말이지 우리는 한낱 상자 속의 뇌일 뿐이라 믿었었다.

내 추측에 의하면 자극은 매 순간 즉각적으로 주어지는 것이 아니라 우리가 잠든 사이 조심스럽게 처리된다. 잠든 사이 알게 모르게 찾아오는 꿈들이 바로 나의 추측을 뒷받침하는 결정적인 단서라 할 수 있겠다. 꿈 속에서 보이는 장면들은 아마도 장치가 미리 만들어 놓는 허상(虛像)의 일부. 장치가 우리에게 주입하려는 자극의 이미지들이 무의식에 차곡차곡 쌓여가는 것이다. 사실 우리가 흔히 '수면 상태', '무의식의 상태'라 말하는 시간들 역시 상자 속의 뇌를 관리하기 위한 하나의 과정일 뿐이다. 피곤함과 졸음이라는 두개의 자극을 적절히 활용해 자연스럽게 뇌의 스위치를 꺼버리고난 뒤, 다음날 이루어질 행동과 감정을 미리 입력시켜 놓는 것이다. 어떤 사람들은 앞으로 일어날 일을 꿈속에서 미리 경험하는 '예지몽'이라는 것을 꾸는데, 이것이 바로 하나의 장치가 너무 많은 뇌를 동시에 처리히디 보니 발생하는 하나의 오류이다. 예지몽을 경험한 사람은 자신이 미래를 예측했다는 착각에 빠지지만, 사실 깨어나기 전 무의식 속에서 처리했던 잔상이 실수로 장기적인 기억 속에 남는 것 뿐이다. 우리 모두 직전까지도 생생했던 꿈이 깨어난 뒤 막상 잘 기억이 나지 않는 것처럼, 이는 분명 최첨단 장치의 수작이다. 우리가 현실이라 여기는 모든 것이 그저 상자 속의 작은 뇌에서 펼쳐지는 초월적인 착각이라는 사실을 들키지 않기 위한……

이제 부끄러움은 만화영화 속 주인공을 자신과 동일시 하는 어린아이만큼 자라나 더 이상 망상을 이어갈 수 없게 만들었다.

추억 속에 갇힌 의식은
망상으로 하루를 버텨갔다.

꽤나 좋은 문장이 떠올랐지만, 이것 또한 진실을 알게 된 나를 방해하려는 최첨단 장치의 자극이라는 생각이 뇌리를 스치자 곧바로 이불을 걷어차고 옷을 갈아입었다. 어젯밤 취한 그녀를 가게에서 재우기 위해 밤새 혼자 뒷정리를 하며 얻은 휴일, 그 귀중한 혼자만의 시간이 잠과 우스운 망상으로 이미 반나절이나 낭비되어 있었다. 나가도 마땅히 할 일은 없었지만 아까운 시간에대한 조바심에 서둘러 문을 나섰다.

이유 없이 다나에가 우는 모습을 떠올려보았다. 이렇게 불현듯 찾아오는 공허함마저 어느 기계의 자극일 뿐이라면, 노을 지는 하늘이 이처럼 아름다워 보일 수는 없는거라고. 개운하지 않았던 것은 몸이 아니라 나의 마음이 었는지도 모르겠다.

#19

우연히 길에서 너와 마주치더라도
곧 바로 눈물 흘릴 수 있다.

언제나 네 생각에 잠겨
걷고있으니까.

너와 나의 발자국이
어느 길위에서 겹쳐질지 너는 알까.

너와 나의 추억이 머문 곳을
오늘도 홀로 걷고있는 나는

네가 너무도 야속하다.

지난날 되뇌었던 생각 하나가, 이제와서 전혀 다른 결말의 글이 되어있었다. 그 때와 똑같은 글이 하룻밤의 기억으로 감정을 완전히 뒤바꾸다니. 똑같이 적은 눈물이라는 단어가 아예 다른 운명으로 읽히다니.

가엾게도 에디트를 처음 만났던 다리와 눈이 마주쳤다. 보고도 못본 체, 그녀와의 추억이 떠올라서 였음에도 아닌척 지나쳤던 다리.

여름이 떠나갈 준비를 하는지, 시원하게 만 느껴졌던 여름의 저녁 속에는 어느새 가을의 쓸쓸함이 잦아들고 있었다. 여름이 마지막 축제를 벌이듯, 오늘따라 하늘의 별들이 광채를 뿜내려 애를 쓰고있었다. 하늘에서 별들이 쏟아질 것만 같은 아름다움에 고개를 숙여 외면했지만, 다리가 발을 담근 이름 모를 강의 물결들 역시도 이미 별들을 한 가득 품고 있었다.

여름이 자신에게 주어진 시간 속 마지막 축제를 벌인 것이다. 사계절의 가장 화려한 별자리들을 초대해 밤하늘을 채워놓은 것이다. 떨어지는 유성에 소원 하나 빌지 못하고 눈감는 하루 살이의 삶처럼 이 밤을 흘려 보낸다면, 왠지 앞으로는 그녀를 당당히 추억 할 수 만은 없을 것 같았다.

하늘 위의 별들과 강 위에 반사된 별들이 서로 다른 하늘의 별들처럼 느껴져, 온 세상이 별빛으로 가득 한 것 같은 착시에 빠져들었다. 오늘 이 벅찬 아름다움에서 벗어날 수 없음을 감지한 내가 보였다. 맞은편 끝이 희미하게 뻗어진 다리를 똑바로 응시했다. 추억을 덤덤하게 여기는 것이 순수에 대한 모독으로 느껴져, 가슴 한 켠이 죄를 지은 것 처럼 시리기 시작했다.

하지만 지금 이 순간 내가 향하고 싶은 곳이 바로 저 곳 임을. 사랑의 문 너머로 펼쳐질 순수의 시대로 들어서기 위해 다리를 향해 나를 밀어넣었다. 별을 하나 둘 지나쳐 갈 때마다 그녀와 점점 가까워 지고 있음이 느껴졌다.

너와 나의 추억이
일치할 수는 없을 것이다.
너와 나의 심장이
발맞추어 뛰지 못하듯이.

흔히들,
각자의 밤이 있다고 말한다.
너와 나눈 사랑이,
네가 떠나간 이별이 그러하다.

바람을 등지고 뻗은
앙상한 그림자가 흔들린다.

그림자가 닿을 듯 말듯 한 거리에
한 사람이 서있고,
그림자 한 가운데에
한 사람이 앉아있다.

여자는 순간에 충실하고,
남자는 추억에 충실하다.

기껏 다리의 바로 앞까지 도달했지만, 진정 다리 위에 섰을 때의 근심이 거대한 감정의 파도로 밀려와 나를 거세게 집어

삼켰다. 글을 쓰며 안정되어가는 숨소리와 달리 심장은 여전히 묵직하게 뛰고 있었다. 뛰다가 신발 한 짝이 벗겨진 사람처럼 거리에 멈춰섰다. 희미하게 보이는 건너편을 마주한 채 멀뚱히 서있을 수 밖에 없었다. 그럼에도 오늘에야 찾아온 이 결심을 한낱 시련처럼 흘려보내고 싶지 않았다.

에디트와 가장 아름다웠던, 아니 내생에 가장 아름다웠던 한 순간이 저 다리 한 가운데에 스며있다. 다리를 밝는 순간, 나는 분명 그때의 추억에 휩쓸려 흔적도 없이 으스러질 것이다. 나무에게 버려져 바싹 말라버린 가을 낙엽처럼 부스러질 것이다. 그녀와 함께 했던 겨울이 온 것도 아닌데, 이제 막 가을의 기운이 다가올 뿐인데, 온전히 달린 내 발걸음 하나 내 마음대로 가누질 못한 다는 사실이 눈물겨웠다. 겨울이 온다면 나는 대체 어떻게 되는 걸까. 돌고 도는 계절의 시간 속을 몇번이나 아파해야만 비로소 아프지 않을 수 있을까. 또 다시...... 한 줄기 빛 조차 들지 않는 어둠 속에서 미쳐 가게 되는 것은 아닐까. 아직 찾아오지도 않은 겨울은 순식간에 나를 주저앉힐 것만 같았다.

'그래, 오늘 난 이 다리를 건너야겠다.'

다리를 건너야겠다는 의지가 예상치 못한 방식으로 끌어 올랐다.

그녀와 함께한 모든 순간을 사랑했다. 세상의 그 무엇 하나 사랑하지 못하고 흘러보낸 평범한 날들을 떠올려보아라. 이런 날들을 대부분의 시간으로 채워내는 인생의 본질적인 외로움을 껴안아 보아라. 잠깐의 얕은 설렘에도 하루 종일 기분 좋아지는 자신을, 노을 지는 창가에 되새겨 보아라. 단 하나의 추억에도 평생을 기약하는 누군가를 별 하나에 기억해 보아라.

 단 하루, 비록 단 하루였지만, 그녀와 함께한 모든 순간을 사랑했다. 이는 다른이들이 나를 쳐다볼 때, 나는 너만을 바라보며, 너는 뒷 모습만으로 나의 간절함을 눈치채고 있는 것 만큼 애틋한 일이다.

 시리다 못해 엉망이 된 가슴이 눈치채지 못하게, 나는 한 걸음 한 걸음 추억을 거슬러 오르고 있었다.

깊은 밤 별 하나하나

내 눈동자에 담아내다

어느새 묽어져 가는 밤의 색채.

스며드는 빛에 쓰라린 눈을 깜빡이고 나니

별빛과 함께 사라져 버린 감성.

어느 밤에나

가장 오래 머무는 별 하나가 있듯,

누구의 마음에나

가장 오래 머무는 진심이 있겠지.

별들이 머물 던 자리엔

흔적 하나 남아있지 않아

초점을 잃고 흔들리는 눈동자 만이 덩그러니.

텅 빈 하늘처럼 부족하게 느껴졌던 사랑은

추억 속에서 비로소

벅차게 차오름을 깨닫고.

떨리던 눈동자가 떨궈낸 눈물 한 방울이

밤하늘을 가파르게 타고 흘러내려

살결에 입맞추듯 흩어지는 눈물을 바라보니,

마침 지난 밤 바라보던 별들이 떠올라

굵어져가던 눈물에

나의 눈이 비춰지던 찰나,

그 안에 지난 밤 고스란히 담겨있었음을.

어느새 또 밤이 되었네.

또 다시 별을 헤아려 보네.

네가 또 벅차 오르네.

나의 무릎이 닿았던 곳이 시야에 들어올 만큼 추억에 가까워지고 있었다. 순간 무언가에 젖어들며 일렁이던 눈동자가 흠칫했다. 나의 발걸음을 멈추게 한 건 추억의 잔상도, 에디트도 아니었다. 바로, 다나에였다.

그녀는 눈빛만으로 강에 비춰진 별을 낚으려는 사람처럼 밤하늘을 바라보고 있었다. 오직 다리 너머의 세상에 시선을 던진 채 서있었다. 만약 그녀의 목에 걸린 카메라가 내 손에 있었다면 아마 그녀를 한껏 담아 셔터를 눌렀을 것이다. 강바람과 함께 흐르는 긴 머리카락 사이로 그녀의 왼쪽 눈이 보였다. 별빛이 유난히 넘쳐나는 날이었기 때문일까, 그녀의 서글픈 눈은 별들과 더욱 진하게 대비 되었다. 그녀에게 했던 모진 말들, 어쩌면 말보다 더 서늘했을 매정한 행동들이 괜시리 나를 울적하게 만들었다.

나는 그녀에게 사과하지 않을 것이다. 사과해서는 안 된다 생각한다. 적어도 이 다리 위에서는, 상처를 준 사람과 상처를 쓰다듬어 주는 사람이 같아서는 안 될 일이다. 어설픈 위로를 전하기도 전에 눈 앞에 나타난 존재 자체가 상대방에게 상처가 되어버릴 수도 있다면. 기억으로 존재하는 어떤 추억 하나만으로도 오랜시간 아파할 수 있다면. 정녕 다른 진심에 눈먼 채 누군가를 진심으로 위로해 줄 수 있을까.

전에 상처를 준 사람이 또 다시 상처를 주게 된다면, 상처가 다시 새겨질 곳은 아마도 지난 날 주었던 상처와 같은 곳. 아직 완전히 아물지도 못했을 상처에 같은 상처가 더해져, 상처는 더욱 깊고 쓰라리게 흉이 질 것이다. 정작 상처를 준 장본인은 그 상처가 어떻게 생겼는지, 언제 생긴 것인지 조차 알리 없겠지만, 이미 저지른 익숙함을 이용해 더 큰 상처를 줄 수도 있다는 것 정도는 알아야 한다. 이는 비겁한 행동이지만, 비겁함이라는 단어가 세상에 존재하는 이상 인간은 어떤 계기로 인해 언제든 볼품 없어질 수 있다. 나는 그저 내가 입힌 상처들의 깊이를 캐묻지않으며, 행여나 뒤돌아서며 보인 낯선 상처에도 모른척 할 수 밖에.

다가서지 못할 이의 슬픔은 막차를 타고 떠나는 터널 속과 같다. 오렌지색 터널의 끝에 걸린 마지막 등불, 심연의 반복을 몇번이고 지나쳐야 바라보게 되는 마지막 빛. 온통 검은 줄로만 알았던 새벽이 어둠과 빛으로 나뉘어져 있음을 깨우치게 해주는 마지막 등불. 그 빛이 누군가에게 있어 이른 새벽의 끝에 걸쳐진 삶과 죽음의 경계일지라도, 막차는 멈추지 않고 어둠을 향해 돌진해야 한다. 오렌지색 등불에 깃든 슬픔을 보고도 지나칠 수 밖에 없는 찰나의 비애. 반복되는 오렌지색 불빛이 도로 위를 눈물처럼 흘러내려도, 막차는 터널을 떠날 수 밖에. 그녀를 더욱 깊게 안아 줄 수 있는 누군가를 앞서 기약해주며 돌아설 수 밖에.

다나에는 나의 판단에 긍정의 신호를 보내듯 눈을 지긋이 감고있었다. 물론 좀 더 맘편히 그녀를 바라보기 위한 나의 바람일 뿐, 감았다 뜬 그녀의 눈은 여전히 서글퍼 보였다. 갑자기 그녀가 다리 넘어로 손을 뻗는 바람에 황급히 몸을 숨겼다. 혹시나 그녀가 나의 시선을 눈치챈 것은 아닐까, 그녀가 나를 보게 되었을 때 주고받을 어색함과 복잡함이 번뜩여 재빨리 발걸음을 돌렸다. 한 걸음 옮기기도 버거웠던 나의 발걸음은 꼴사나울 정도로 뻔뻔하게 움직이고 있었다.

그녀의 시선에서 완전히 벗어났음을 확인하기 위해 고개를 돌려 건너편을 바라보았다. 말도 안 되는 형태로 그녀의 형체가 보였다. 나에게만 보이는 사막의 신기루에 홀린 것처럼 어안이 벙벙했다. 한 뼘 크기로 조그만하게 보이는 그녀는 언뜻 공중에 떠있는 듯...... .

"아...... 안되!!!"

#20

  그녀는 다리 위 가장 높은 곳에 우두커니 올라서있었다. 내가 준 상처들이 그녀를 죽음의 문턱에 몰아넣을 만큼 그렇게 잔혹했던 것이었나. 진심에서 비롯 된 상처의 무게는 마음의 무게와 같음을 질리도록 알고 있다. 외로웠던 밤은 하루도 거르지 않고 상처를 건드려 매일 아침 나를 덧 나게 함도 알고 있었다. 때문에 결국 중요한 것은 누구에게 상처받았는가 이다. 아무리 큰 크기의 상처도 마음 두지 않았던 사람에게 받았다면, 의외로 빠르고 덤덤하게 치유된다. 반면에 아무리 작은 크기의 상처일지라도 진심을 주었던 사람에게 받는다면, 깊고 쓰라리다 못해 스스로 긁어 곪게 만들 만큼 떨쳐버릴 수 없다. 끝도없이 검은 어둠과 달리, 상처는 원한다면 죽음이라는 끝에 도달할 수 있게 해준다. 스스로를 죽음의 강에 내던져 고통으로 부터 완전히 벗어났다고 착각하게 만드는 어리석은 충동, 날개잃은 해방. 언제부터 나는 그녀에게 그런 사람이 되어 있었나. 대체 왜……

  반사적으로 그녀를 외면하던 눈이 오직 그녀만을 주시하며 달리고 있었다. 모진 말만 내뱉느라 그녀의 이름 한번 불러준 적 없던 입술이, 그녀의 이름을 애타게 외칠 준비를 하고 있었다. 제발 그녀가 조금만 더 망설여주길. 몇 발자국 만 더 나를 헤아려주길. 온힘을 다해 질주하는 적막한 밤의 발소리가 그녀의 이름을 앞질러 그녀를 불렀다. 나를 확인하고 화들짝 놀란 그녀가 서둘러 몸을 비틀었다.

"다나에!!!"

 매일 밤 누구에게나 두 장의 카드를 뒤집어 볼 수 있는 기회가 있다. 나의 생각 한장, 그리고 너의 생각 한 장을 뒤집어 보는 것이다. 그렇게 나의 그리움의 문양과 너의 그리움의 문양을 맞추어 보며 서로의 카드가 일치할 때 까지 매일 밤을 뒤척여 보는 것이다. 어느날 밤은 같은 숫자이지만 문양만이 다름에 설레어 보기도 하고, 또 어느날 밤에는 흔한 색상의 우연조차 인연을 빗겨나가 밤새 울먹이기도 해본다. 그렇게 내 손을 떠나가는 카드들이 다 뒤집어 질때까지의 밤을, 두장의 그리움이 끝끝내 만나지 않음을 직접 확인하며, 적어도 이제는 더 이상 그 사람의 밤을 괴롭히는 사람이 내가 아님을 깨닫는 것이다.

 죄책과 자책이 동시에 뇌를 흔들어 어지러웠다. 죽음에 이르게 될 정도의 상처가 얼마나 고통스러운지 겪어본 내가, 누군가에게 같은 고통을 짊어지게 하다니. 세상에서 내가 가장 슬픈 사람인 듯 모든 것을 등지고 시들어 가던 내가, 세상 가장 깊은 상처를 지닌 듯 나약하고 불쌍한 척 매일 울먹이던 내가, 누군가에게 있어 가장 잔인한 사람이었다니...... 한쪽 귀로 머리를 쓸어 넘길 때 보이는 그녀의 귓볼이, 한쌍의 별처럼 박힌 그녀의 점들이, 티없이 맑은 순수함으로 피어나는 그녀의 웃음이, 너무도 아름답다고 솔직하게 외치고 싶었다.

멀쩡히 뚫린 목구멍에서는 끝까지 아무 소리도 나오지 않았다. 이런 상황에서 까지, 에디트가 아닌 다른 여자에게는 약간의 진심어린 말 조차 건네지 못하는 내가 비참하게 느껴졌다. 팔을 필사적으로 뻗으면 닿을 정도의 거리를 남기고 그녀의 가녀린 발목이 다리를 떠나 허공 위를 밟았다. 중력이 매섭게 몸을 당겨, 그녀는 한껏 기울고 있었다. 싸늘한 바람 속에 섞인 가을도 이는 어쩌할 도리가 없는 듯, 그녀는 가을에게 자리를 양보하는 한 떨기 꽃처럼 떨어지고 있었다.

나의 품을 향해.

#20-1

 코끝을 타고 퍼지는 그녀의 달짝지근한 살내음이 머리속까지 파고들어와 순식간에 동공이 흔들렸다. 나의 귀와 그녀의 귀 사이에 포개져있던 머리카락이 볼을 간지럽히고, 그녀의 얼굴이 시야에 들어왔다. 엉뚱하게도 그녀가 먼저 무슨 일이냐며 입을 떼었다. 그녀는 내게 대꾸할 틈도 주지 않고 내가 하고 싶은 말들을 이어나갔다. 내가 알던, 그녀스러운 그녀였다. 몰아치는 그녀의 걱정에, 턱을 한 대 얻어 맞은 것처럼 혀가 꼬였다. 무엇인가 말하고 싶은 나의 입이 계속 움찔거렸지만, 그녀의 울적했던 옆모습을 찾을 수 없어 배신당한 사람처럼 눈만 끔뻑거렸다.

 "적어도 나 때문에 그러지는 말아요. 지금 당장은 많이 힘들겠지만, 사랑의 아픔을 이해해줄 수 있는건 죽음 뿐이라 생각하겠지만...... 아무튼 당신이 나 때문에 이러는 건 아주 어리석은 짓이에요."

 틀어 막혀있던 목 틈새로 겨우 쥐어짜낸 첫 마디는 아주 가관이었다.

 "네? 뭐라구요?"
 "아, 그게 아니라. 내가 잘못했어요. 차갑게 대한 거, 괜히 말로 상처 입혔던 거 전부 미안해요. 그러니까 제발……"
"대체 무슨 말을 하는 거에요, 정말 괜찮은 거에요?"

내게 자초지종을 들은 그녀는 눈물을 찔끔 흘릴 정도로 한 바탕 크게 웃었다. 내가 어지간히 놀라긴 했었는지 그녀의 행동에 대한 오해 뿐만이 아니라 그녀의 마음에 대한 오해까지 털어놓고야 말았다. 그녀는 강의 야경을 찍기 위해 다리 위로 올라간 것이었다. 정말 나와는 조금도 관련이 없는 이유였다. 놀랍게도 조금도 창피하지 않았다. 나와 눈이 마주칠 때 마다 새어 나오는 그녀의 웃음소리에도 전혀 민망하지 않았다.

나의 방해로 카메라에 담지 못한 야경을 위해 그녀와 함께 다리 위로 올라섰다. 그 어느 때보다 아름다운 야경에도 나의 시선은 자꾸만 그녀를 확인했다. 그녀가 있었다. 다행이었다. 그저 다행이라는 생각, 온통 다행이라는 생각뿐이었다.

#21

    사람은 여름처럼 다가와 겨울처럼 떠나간다.

  영원히 분출될 것만 같았던 뜨거운 여름의 땀방울들은, 하나의 추억만을 품에 안은 채 겨울의 공기가 되어 가라앉는다. 마음 속 가장 깊은 곳, 눈이 내리기 시작한다. 끝은 없을 거라 믿었던 진심에는 슬그머니 바닥이 보였다. 눈들이 막다른 길에 부딪혀 무겁게 쌓여간다. 묵묵히 쌓여가던 눈 더미에 숨이 막혀 올 때 즈음, 한 줄기 햇살이 눈동자를 통해 들어와 눈을 녹인다. 녹아 내린 눈에 온몸이 촉촉해짐을 느낄 때가 되어서야 비로소 계절은 눈물을 흘려보낸다. 누군가 내게 여름처럼 다가 왔었음을, 겨울처럼 떠나갔음을.

  겨울만이 허락 되었던 나의 계절. 세상 어느 겨울보다 아름다웠기에 춥지 않다고 여겨왔다. 눈꽃 한 잎 한 잎에 물든 고독과 외로움마저도 개의치 않았다. 하지만 따뜻한 여름을 그리워하는 건 어쩔 수 없는 인간의 본능인 것일까. 아무도 눈치채지 못할 때 달의 모양이 바뀌듯, 나의 계절 역시 다음 여름을 향해 천천히 변하고 있었다. 에디트, 환상의 얼음조각 속 박제되어있던 그녀가 천천히 녹아 내리고 있다.

  창 밖을 바라보았다. 달력을 한 장씩 떼어내듯 한 잎씩 떨어지던 가을의 낙엽은 이미 온데 간데 없었다. 풍경은 건조한 겨울의 색채로 뒤덮여있었다. 다나에와 함께한 시간들은 겨울에만 피는 꽃들의 봉우리가 되어 웅크리고 있었다.

다리 위에서 벌어졌던 해프닝 이후 우리는 꽤나 가까운 사이가 되었다. 그녀는 나의 놀란 가슴을 능청스럽게 다루며 나를 완전히 무장해제 시켜버렸다. 그녀가 내 눈 앞에서 죽음을 맞이할지도 모른다고 확신했던 아찔한 기억은 더 이상 그녀를 차갑게 대할 수 없게 만들었다. 항상 매몰차게 앞서 걸었기에 뒤로부터 들리던 그녀의 목소리. 그랬던 그녀의 목소리가 어느새 나의 옆에 나란히. 나는 언젠가 부터 그녀와 발 맞춰 걷고 있었다. 그녀에 대한 미안함이 열어 재낀 마음이었지만, 가까워지는 그녀를 억지로 받아들인 것은 아니다. 지독한 경계심을 걷어내고 바라본 그녀는 단언컨대 매력적이었다. 그녀는 어딜 가나 이쁨 받는 여자였다. 계속 마음으로 부터 빛을 밀어내며 홀로 살았다면, 두번 다시 경험해보지 못했을 타인의 자상함.

그녀와 함께라면 커피 두 잔을 시켜도 조각 케익이 함께 딸려 나왔고, 공원에서 뛰놀던 이름 모를 어린 소년은 수줍게 다가와 그녀에게 꽃 한 송이를 건넸다. 심지어 골목에서 마주친 고양이도 그녀가 쓰다듬으면 곧 잘 애교를 부렸다. 무엇보다 그녀는 내게 아무것도 묻지 않았다. 매일같이 어딘가를 향해 슬픈 눈을 건네도, 말없이 글을 쓰다 울컥해 눈밑이 짙어져도, 그녀는 내게 아무것도 묻지 않았다. 그런 그녀에게 자연스레 안도감을 느끼게 되었는지도 모르겠다. 그녀가 지나간 길에는 금방이라도 새싹이 피어날 듯 생기가 넘쳤고, 바보처럼 웃는다고 여겼던 그녀의 웃음은 오히려 나를 바보처럼 멍하게 만들었다. 그녀는 아무것도 모르는 아이처럼 행동했다.

그래서 그런지, 가끔씩 그녀가 굉장히 조심하고 있다는 느낌을 받을 때가 있었다. 하지만 그런 생각에 눈을 치켜 그녀를 올려다 볼 때면, 그녀는 내게 아무것도 바라지 않고 나를 지켜주는 행운의 부적 마냥 그저 말 없이 눈웃음 짓고 있었다.

언뜻 다나에와 처음 만났던 여름날의 습한 오후와 닮았지만, 분명 그때 와는 다른 불편함이 나를 점점 괴롭히고 있었다. 그녀의 미소가 여름의 햇살처럼 날아와 살결에 닿는다. 내 몸 가득 쌓여있는 눈들이 녹으려 한다. 아니, 내 몸 자체가 녹아 내리려 한다. 내게 쌓여있는 눈들은 슬픔도 아니다, 외로움도 아니다. 바로 유일했던 나의 진심, 에디트다. 내게 쌓여있는 한 겹의 눈 마다 그녀가 보였다. 그녀는 내 인생의 전부일 뿐 일부가 아니다. 내 마음 속 눈들이 모두 녹아 내린다면, 내가 녹아 내리는 것과 다를 바 없다.

다나에에게 먼저 다가가고 싶은 충동이 생길 때면 심장이 금방이라도 검게 변할 것 만 같았다. 아직 나의 숨결과 함께 숨쉬고 있는 존재가 누구인지 명백하게 알고 있기 때문이다. 허나 지금, 나의 가슴으로 이어지는 혈관을 따라 두 개의 심장이 같이 뛰고 있는 사실 또한 부인할 수 없다. 마치 천사와 악마의 속삭임이 번갈아 들리는 것 같았다. 한쪽 심장은 내게 에디트보다 더 아름다운 추억은 나의 인생에서 두 번 다시 있을 수 없다고 속삭인다. 반면 다른 한쪽의 심장은 눈이 녹고 새롭게 태어날 봄의 노래를 내게 속삭인다. 어느 쪽이 천사고 악마인지는 도무지 알 수 없다. 이는 아마 우주가 숨기고있는 모든 비밀을 풀어내는 것 만큼의 심연을 동반할 일이다. 때문에 내가 지금 이렇게 불안한 것일까. 순전히 내 안에서 벌어지는 일인데도, 그 무엇도 알 수 없기에……

카페 레스페랑스(L'esperance). 에디트와의 첫느낌이 머문, 내 인생 최고의 행복과 시련이 시작되었던 곳. 내게 있어 두 가지 극단적인 감정이 공존하는 이곳은 오랜만에 들른 것 치고 예전과 별다를 바가 없어 보였다. 단 한가지, 단 한가지 크나큰 변화 때문에 다른 변화들이 무색하게 느껴지는 것 일지도 모르겠다. 누군가가 나를 향해 손을 흔들고 있었다. 다나에였다.

우리는 거의 매일 이렇게 만나 이런저런 이야기를 나누었다. 그녀는 묘하게 내가 바라는 대답을 해주는 재주가 있었다. 그렇다 보니 그녀와의 대화는 언제나 편안했고, 이제는 그녀와의 만남이 하루의 일과 또는 작은 습관처럼 느껴졌다. 어떤 때는 나 혼자 정신 없이 말을 하다가 흐뭇해하는 그녀와 눈이 마주쳐 볼이 빨개지기도 했다.

나를 죽이지 못하는 모든 시련은 나를 강하게 만든다고, 니체(F. W. Nietzsche)가 말했던가. 나는 이제 내 인생 가장 강렬했던 추억이 스며있는 장소에서 조차 수줍어할 정도로 강해져 있었다.

21-1

문득, 굉장히 오랜 시간 동안 글을 쓰지 않고 있다는 사실이 떠올랐다. 얼굴이 창백해졌다.

"왜 그래요? 괜찮아요?"

다나에가 걱정가득한 눈빛을 참지못하고 나의 손을 어루만졌다.

따뜻한 그녀의 손. 내가 아닌 다른 사람의 손. 에디트가 아닌 다른 사람의 손. 그녀의 손을 타고 느껴지는 낯선 무언가에 미세하게 떨리는 나의 손. 그럼에도 여전히 나의 손을 잡은 그녀의 손. 나의 어색해진 눈에도 놀란 기색 없이 결의에 찬듯한 그녀의 눈.

두서없이 시작된 손끝의 뜨거움. 뒤 바뀐 공기의 흐름 속에서 갈 곳을 잃은 나. 나의 눈은 이미 그녀의 눈빛에 막혀 맥없이 녹아 내리고 있었다. 몸 속 가득 쌓여있던 눈은 녹다 못해 물 안개가 되어 피어오르고, 온몸이 부풀어 오르는 듯한 답답함에 입술이 떨렸다. 침묵의 교감 속, 상쾌한 쾌감이 등을 타고 일렁였다. 이는 마치 녹아 내린 눈 위로 봄이 피어나는 기분에 가까웠다. 눈이 녹으면 물이 된다는 불변의 이치가 거세게 부정 당하고 있었다. 분명하게 느껴지는 새로운 생명의 기운. 녹아 내린다는 것은 존재의 상실이 아니라 새로운 존재의 탄생이라고, 그녀의 눈은 말하고 있었다.

그녀의 눈이 말하고 있다.
나는 대답해야한다.

  로미오와 줄리엣. 영국의 대문호 셰익스피어가 써내려간 비극적인 사랑 이야기. 줄리엣의 눈을 바라보는 로미오, 로미오를 바라보는 세상 가장 흔들림 없는 눈동자. 줄리엣의 눈. 결국 셰익스피어가 세상에 묻고싶었던 것은 단 한가지의 감정. 인간이 멸종하지 않는 한, 인간은 그 감정에 매혹되어 무릎을 꿇고, 그 감정을 위해 숨을 한 번 더 내쉰다.

  세상은 사랑으로 충만하다. 세상을 사랑으로 뒤덮기 위해 해와 달이 번갈아 하늘과 사랑을 나누는 것이다. 떠오르는 아침의 해를 보며 사랑을 시작하는 누군가를 위해, 지구 반대편으로 달을 보낸다. 달은 사랑을 기도하는 누군가의 소원을 들어주고, 달은 별들에게 그 사랑을 나누어 온세상이 사랑으로 물들게 한다. 세상에 존재하는 수십 억명의 인간들. 적어도 하루에 한번, 오직 사랑으로만 가득찬 눈동자 하나가 우리 중의 누군가와 눈을 마주친다. 인간이 인간을 사랑하지 않는 순간은 없다. 인간이 인간을 사랑하지 않을 순간은 인간이 멸종하지 않는 한, 오지 않을 것이다.

  나를 한 가득 담고있는 에디트의 눈동자를 바라보는 나. 녹아 내린 눈이 복잡 미묘했던 감정들을 말끔히 씻어내자, 나의 눈밑을 한층 더 어두워 보이게 했던 또 힌 겹의 그림자 또한 씻겨 내렸다. 어쩌면 진작 그녀에게 전했어야 했을 말들이 금방이라도 튀어 나갈듯, 나의 입술에 바짝 기대어 그녀의 목소리에 귀기울이고 있었다. 이 순간 그녀가 내게 불어넣은 열기를 외면하고 다른 곳을 바라보는 것은 불가능해 보였다. 입을 떼기 전, 그녀의 손이 여전히 나를 붙잡아 주고 있음을 한번 더 곱씹었다.

그녀의 얼굴을 솔직하게 바라보기 시작한 뒤에야 발견하게 된 것. 왼쪽 눈에만 자리잡은 그녀의 쌍꺼풀. 한쪽에만 수줍게 둥지를 튼 그녀의 쌍꺼풀 덕에 비로소 깨달았다. 왼쪽에서 바라보는 그녀의 얼굴과 오른쪽에서 바라보는 그녀의 얼굴이 서로 다름을. 서로 다른 떨림을 전해오고 있었음을. 그 두 얼굴이 지금 단 하나의 설렘이 되려 하고 있었다. 이제 새로운 누군가에게 그 어떤 말을 건네더라도, 세상의 모든 시선이 나를 향해 밀려오는 중압감은 더 이상 없을 것만 같았다.

"눈…… 눈이 내려……"

내가 하고 싶었던 말은 결코 이게 아니다. 그치만 눈이, 눈이 내리고 있었다. 고단했던 마음의 여정, 그 끝에 찾아온 인생을 바꿀 순간. 마침내 입술 앞에 선 결정적인 한마디. 기나긴 기다림을 인내하고 드디어 자신의 차례가 왔음에 설레었을 간절한 그 한마디를. 눈은 덤덤히 자신의 하얀 아픔 속으로 파

묻고 있었다.

 짓궂게도, 눈 내리던 그날 새벽을 거두어들이던 그녀의 손이 떠올랐다. 이제 나의 모든 시간은 너와 함께있거나, 혼자있거나 이고 싶었다. 너를 고요히 들여다 보니, 더 이상 혼자 있는 시간은 외로움이 아닐것만 같았다. 오늘 말하지 못하면 내일도 말하지 못할 말들만 모아 그녀에게 속삭이고 싶었다. 그렇게 그날의 그녀를 간직했다.

 홀로 남겨진 지금. 부서진 착각의 조각들을 주워담다 보면, 눈시울이 붉어지는건 정말 한순간이 었다. 하늘은 별을 움직여 세상에 그림을 그린다. 별의 여행을 따라 계절은 바뀌고, 세상은 새로운 색의 물감으로 하루를 시작한다. 다만 겨울은 봄, 여름, 가을의 그림자 같은 것이다. 계절이 아무리 하늘의 입김에 맞추어 모습을 바꾸어도, 겨울은 반드시 세상 어딘가에 찾아온다. 겨울은 슬픔의 계절이자 상실의 계절. 매일 아침 밝게 떠오르는 세상 그 어딘가에서 누군가는 울고있다.

 또 다시 찾아온 겨울에도 언제나처럼 첫 눈이 내리는 날이 있다. 인연이 아무리 돌고 돌아도 추억은 묵묵히 자신의 자리를 지킬 뿐이다. 눈이 내리면, 눈은 언제나 내 눈가에 쌓인다. 비 또한 그랬다. 비가 내리면, 비는 언제나 내 눈가에 고였다. 그런날이면 어쩔 수 없이, 아침이 밝기 전 비가 한 번 더 내렸다. 비는 밖에서 내리는데도, 젖는건 언제나 나의 옷깃이었다.

 다나에가 지금 어떤 표정을 짓고 있을지 충분히 이해할 수 있었다. 조금 전까지만 해도 그녀를 향해 무럭무럭 자라날 것 같았던 한줄기 생명은, 단숨에 한 줌 여운이 되어 흩날리고 있었다. 무언가에 홀린 듯 그녀에게 외마디 인사를 건네고 눈 속을 향해 걸어나갔다.

"미안해요."

달빛이 흐릿한 밤 하늘을 보며
사람들은 말했다.
아마 내일 비가 올거라고.

나도 한번쯤 그렇게 말하고 싶었다.
아마 내일 그녀가 올거라고.

하늘을 올려다 보니, 눈이 아무런 감정도 없이 내리고 있었다. 악의도 선의도 없었다. 그저 아무런 감정의 동요도 없이 내리고 있었다. 고요한 적막을 흐트리며 내리는 눈송이들은 지나치게 잔인했다. 겨우 녹여냈던 눈들은 조금의 자비도 없이 나를 원망했다. 내가 염려했던 것보다 더욱 깊게 나의 살결을 가르고 차곡차곡 박혀가는 겨울의 눈. 점점 쌓여가는 눈의 무게를 버티지 못하고, 급기야 다리가 바닥에 내리꽂혔다. 꿇린 무릎에 으깨지는 눈의 모습에 묘한 희열이 느껴졌다. 급기야 두 주먹을 불끈 지고 눈을 끊임없이 내리쳤다. 고통스러워

하는 눈. 의미 없는 화풀이에 엉망이 된 나의 손을 보니 조금 전 따스했던 다나에의 손이 그리워졌다.

그 순간, 잠깐의 낯선 추억도 허락하지 않으려 상처 위를 스치는 눈. 애틋한 기억 속 잔상이 번뜩이며 쓰라렸다. 순간의 환영에도 단번에 그녀임을 알 수 있었다. 그녀를 새기던 시간이 너무나도 처절했기 때문이었을까, 잠깐의 스침에도 기억 속의 그녀는 변함없이 선명했다. 눈은 집요하게 내 머리 위로만 쌓여갔다. 그녀의 입술이 방금 손목에 닿은 눈처럼 생생한 촉감이 되어 펼쳐졌다. 어느새 온몸에 촘촘히 박힌 눈은 더 이상 내려 앉을 곳 조차 없어 보였지만, 그녀와의 소중했던 시간들은 그칠 줄 몰랐다. 그녀와의 추억이 마지막 장을 훑을 무렵, 덤덤한 척 억눌러 왔던 그리움들은 진한 눈물이 되어 흘렀다.

여전히 그녀가 미친 듯이 보고 싶어 눈물이 났다. 아무리 주위를 둘러보아도, 그날처럼 그녀가 보이지 않아 눈물이 났다. 그녀가 떠나간 그날처럼.

꿈 속의 날개짓에는
바람이 일지 않는다.

숨막히게 고요한 아름다움에서
그 누가 쉽사리 깨어 날 수 있을까.

모든 이별은 너를 더 아프게 할 것이다.
앞으로 혼자 울어야 할테니까.

별이 나를 바라봐줄 때까지
밤새 그 별 하나만을 바라본 적이 있다.

하루쯤은. 내리는 빗물에 눈살 찌푸리지 않고,
그대로 눈 감고 싶었다.

#22

마음 한켠 깊게 고인 우울.
그 안에 나를 빠트려 보았다.

나는 추억을 뒤집어 쓴채로 젖었고
상처입은 기억은 저멀리 매말라 갔다.

오늘 밤도 너는 아름다워진다.

인생에서 가장 위험한 것은 환상의 경계에 서있는 것이다. 현실과 환상이 명확하게 존재한다면 우리는 눈물 따위 흘리지 않을 것이다. 이는 해가 사라진 뒤에야 새벽이 오는 것 만큼이나 감당하기 어려운 일이다.

믿을만한 친구도
나를 안아주는 사람도 내게는 없다.
나의 하루는 너 하나로 족하다.
네 생각 만으로 하루가 벅찼다.

항상 혼자 걸으면서도,

추억할 수 있는
너라는 한 사람이 내게는 있었다.
그러므로 나는
행복한 사람일지도 불행한 사람일지도.

매일 밤 너로
나의 인생을 저울질 해보았다.
저울이 불행으로 기우는 날에는 울었고,
행복으로 기우는 날에는 글을 썼다.

밤이 깊어 꺼지는 가로등 불빛에도
상실감을 느끼던 어느날
너를 잃지 않았다면 잃었을 것들을 떠올리며
나를 위로해 보았다.

#22-1

    대체 어느 시점에서부터 병째로 들이키고 있는 건지. 애써 상관하지 않기로 했다. 잔을 타고 흘러내렸던 와인의 붉은 흔적은 제 기능을 잃은 나의 뇌만큼이나 바싹 말라있었다. 몹쓸 죄책감이 되어 내게 내리 꽂힌 걸까, 티끌만한 눈이 닿았던 몸 구석구석이 멍든 것처럼 아프고 시렸다. 어쩌면 오늘 내리는 눈은, 그녀를 태연하게 떠나 보내려 했던 나에게 그녀가 직접 던지는 서운함 일지도. 혹은, 시간에 무뎌지며 덤덤해져 가는 내게 날아온 그녀의 다급한 신호였을 지도 모르겠다. 비록 보이지 않아도 그 어딘가에서 그녀 역시 나처럼, 여전히 나를 그리워하고 있다고. 나만큼 아파하고 있다고.

    어리석은 생각임을 알지만 이렇게라도 억지를 부리지 않으면 더 이상 버틸 수 없을 것만 같았다. 이 유치한 억지를 부정해버리는 순간 함께했던 추억은 일방적인 환상이 되어버릴 것이다. 조금 전 눈밭을 뒹굴던 절규 속의 눈물은, 여주인공 없는 무대 위 홀로 펼치는 낯간지러운 연극이 되어버릴 것이다. 어차피 남의 시선 따위 무시한 채 막을 올렸던 연극이기에 텅 빈 객석이 나를 외롭게 만들지는 못하겠지만, 지독하게 여주인공의 발자취에만 머물러 있는 나의 독백은, 그녀가 보이지 않다는 사실과 함께 끊임없이 나를 괴롭게 만들었다. 에디트, 그녀는 대체 어디에……

아무리 아름다운 한쌍의 나비도

날개의 문양이 다르면

함께 날지 못하는 걸까.

이별을 겪은 누군가를 위해

고민해 보았다.

평범하게 손을 잡고 걸어오는

연인을 보았다.

나는 왜, 한 손 남짓한 평범함 조차

온전히 가질 수 없는 걸까.

 내가 누군가를 그리워 하는 밤에, 아무도 나를 찾아 주지 않는 것 만큼 외로운 일이 또 뭐가 있으려나. 이런 밤, 우리는 실수를 한다.

 오늘은 셰리(Sherry)라는 술을 마시고 거리를 거닐어보았다. 꼭 새벽이 되어서야 찾아오는 하루의 고단함처럼, 혀에 닿을 때는 아무런 내색지 않던 셰리라는 이름의 그녀는, 침을 삼킬 때가 되어서야 복잡한 향으로 나의 마음을 어지럽혔다. 눈을 깜빡이고 다시 뜰 때 마다 다른 장소의, 다른 그녀의 어깨선이 아른거렸다. 그것은 마치, 그녀가 뿜어내던 숨결의 움직임을 바라보는 것과 같았다. 잠잠했던 오후가 울컥하는 새벽의 그리움을 닮은 셰리. 그녀는 스페인의 여인이었다.

스페인은 언제나 흐르는 시계 속의 달리(Salvador Dali), 그리고 나와 그녀를 떠올리게 했다. 달리와 나는 전혀 다른 시대의 같은 날에 태어난 사람들이었다. 단지 숫자 몇개로 맺은 인연을 대변하듯, 달리와 나는 정반대의 인생을 살아가는 듯 했다. 그래도 달리와 나에겐 억지로 끼워 맞춘 유일한 연결 고리가 하나 있었다. 억지라 할지라도 이 연결 고리는 꽤나 기괴해, 나는 매번 나의 생일이 달리와 같음을 되새기고 살아갈 수밖에 없었다. 달리는 여전히 생일을 빌미로 나의 생에 찾아와 자신의 흔적에 대해 이야기하고 있었다.

개미. 그녀는 내게 개미를 선물했다. 믿기 힘들겠지만, 그녀는 실제로 움직이는 개미를 나에게 선물했다. 개미를 나의 방에 풀어 놓고 밖으로 나갈 수 없게, 나의 온몸을 기어다니게 했다. 새끼 손톱의 반도 안되는 몸에 달린 여섯개의 다리는 거리를 역겹게 휘져었다. 달리가 평생을 통틀어 가장 사랑했던 와인을 위해 그려낸 그림이 있다. 개미. 개미가 잔뜩 그려져있는 이 와인은 악착스럽게 나의 시대에 까지 기어들어왔다.

셰리로 시작한 의식의 흐름은 어느새 달리로 귀결되고 있었다. 이것 또한 셰리를 입에 머금을 때 빠져드는 셰리의 섬세한 마법이려니. 유령처럼 스며들어, 복잡하게 얽힌 우울을 각각의 짙은 감정으로 풀어헤쳐 놓은 뒤 태연하게 모습을 감추는, 셰리는 개미였다.

누구의 인생에나 적어도 한번쯤, 달리와 나처럼 얽힌 여자기 힘껏 나다나기 바린이다. 옅은 인연에도 운명을 걸어보고 싶은, 나의 운명이라 근거없이 믿어 보고싶은, 그런 여자가.

이제는 우연히 그녀와 마주치더라도 아름답지 못할 것을 알고 있다. 내려놓는 것도, 놓아주는 것도 아닌, 이미 녹슬어버린 기억일 뿐이라는 것도 알고 있다. 환상에 취해 있는 나의 숨결에 공허가 서서히 차오른다.

나는, 오늘도 개미를 죽이지 못했다.

#22-2

"테이블에서 마시는 건 처음 보는 것 같네요. 그것도 이렇게 혼자."

청각이 반사적으로 향한 곳에는 진하게 발린 립스틱과 야릇한 미소가 가면처럼 떠다니고 있었다. 나를 잘 알고 있다는 듯이 뜨거운 시선을 보내왔지만, 조금의 망설임도 없이 나와 저 여자는 모르는 사이라 확신할 수 있었다. 내 인생에 있어, 아는 여자라는 범주는 너무도 명확하게 정리되어있으니까.

반면 그녀는 나와 너무도 친숙한 사이인듯 살이 닿을 만큼 가까이 앉아 와인을 가득 따랐다. 내 와인잔에 낯선 여자의 더러운 침이 묻었다. 못 알아봐서 짜증이 날 정도로 그녀는 계속해서 나를 향해 야릇한 미소를 짓고 있었다. 무시하고 술을 마시려 했지만, 그녀는 흔들리는 잔 속의 와인만큼이나 비틀거리는 나를 가만 두려 하지 않았다. 어깨에 손을 올리는 것 만으로도, 거북하게 풍만한 그녀의 가슴이 나의 팔뚝을 눌렀다. 금방이라도 토가 쏠릴 것만 같았다.

"꺼져 제발."

겨우 내뱉은 한마디. 기분 나빠하기는 커녕, 그녀는 귀엽다는 듯 나의 볼을 끈적하게 쓸어내렸다. 용암처럼 뭉쳐진 짜증을 분노로 폭발시키고 싶었지만, 몸은 힘이 제대로 들어가지 않아 나풀거리고 있었다. 늘어질 대로 늘어진 입은 수많은 욕설의 속도를 따라가지 못해 바람 새는 소리만 반복했다.

 여자는 감정없는 인형을 다루 듯 자신의 품으로 나를 꾸겨 넣었다. 통제를 잃은 몸이 그물에 걸린 물고기처럼 여자의 품에서 바둥거렸다. 속이 울렁거리고 머리가 지끈거려 몸이 금세 힘을 잃고 여자의 가슴에 늘어지기 시작했다. 이 상황이 옳지 않다는 한 가닥의 이성으로 감기려는 눈을 애써 부릅떴지만, 이는 소용없는 짓이었다.

  시들어 버린 꽃에는 아무도 물을 주지 않는다.

 도움을 주는 사람이 없다는 것 보다, 도움을 요청할 사람 하나 없다는게 짠했다. 차갑게 시들어버린 마음으로 살아온 내게, 그 누가 따뜻한 햇살을 내어주고 싶을까. 이미 뿌리부터 얼어버린 마음이거늘.

 난 이미 여자의 탐스러운 꼭두각시가 되어가고 있었다. 평소 소유할 수 없었던 존재가 완전한 자신의 의지로 조종되는 것에 희열을 느꼈는지, 여자는 극도로 흥분하고 있었다. 그녀의 혀가 나의 목선을 따라 흘러내리고 있어 그녀의 표정이 보이지 않는다는게, 기분이 아주 더러웠다. 자꾸만 움츠리는 그녀의 두 허벅지가 지금 그녀의 표정이 얼마나 음탕한지 일러주었다. 역겨운 흥분이 나를 괴롭혀 머리가 어지럽다 못해 혼미했다. 얼마 남지 않은 힘을 쥐어짜내 그녀를 밀어냈지만, 이미 흥분에 휩싸인 한 마리의 그녀에겐 아무런 영향도 끼치지 못했다.

순식간에 나의 몸을 야금야금 훑어가던 그녀의 손. 이제 모든 것을 단정 지으려는 듯 나의 아랫배를 손바닥으로 쓸어 내려와 그대로 나의 가랑이 사이로 들어왔다. 자신감 넘치던 애무에도 준비되어 있지 않은 나의 몸에 잠시 주춤했지만, 술 취한 남자의 몸도 익숙하다는 듯, 이내 다시 부지런히 손을 움직였다.

니체가 옳았다. 신은 죽었다. 세상은 더럽고 치사하다 못해 끔찍했다. 아름다운 사랑 노래부터 운명적인 러브 스토리가 담긴 영화까지, 모두 이 세상에서 사라져야한다. 그들이 만들어낸 이야기에 한 줌의 현실이라도 담겨있었다면, 나는 오늘 밤 이렇게까지 취하진 않았을 것이다. 행여나 그 모든 것들이 자신들의 경험을 바탕으로 만들어낸 상상의 결과물이라 한다면, 나는 안타까울 정도로 재수가 없는 사람이다. 눈길 한번 준적없는 이 미친 여자 조차도 간절히 바라면 원하는 것을 얻게 되는데, 나는 얼마나 더 간절히 바래야만 그녀를 만날 수 있는 것일까.

앞으로 그 어떤 인연이 찾아와도 서로 만을 그리워하게 될 단 한번의 키스가, 그녀와 나에게는 있었다. 그날의 달은 공평

하게 자신의 빛을 퍼트려야 힐 밤의 의무를 어기고, 오직 그녀만을 달빛 아래에 두었다. 그날의 별은 그녀와 나 이외에는 그 누구도 다리를 건널 수 없게 거리를 막아섰다. 아무런 요구도 없이, 오직 서로만을 사랑할 것을 조건으로 온 세상이 숨죽여 주었던 그날. 그런 날이 어느날 나의 인생을 덮쳤다.

세월이 흘러도 황홀하게 기억 될 순간을 각자의 추억에 짊어지고 살아가야 한다는 것. 단 하루의 미치도록 아름다운 추억의 대가는 대단히 혹독한 것이었다. 지나치게 아름다운 추억은, 홀로 남게 되는 바로 그 순간 독이 되어 퍼지게 되는 것임을. 앞으로 그녀가 아닌 다른 누구와의 추억에도 만족하지 못할 나. 인생은 한끝 차이로 천국과 지옥을 오갈 것이다. 그날을 경계로 그녀의 존재와 부재는 내 인생의 행복과 불행이 된 것이다. 이 모든 것이 서로 만을 영원히 사랑할 것을 전제로 실현시킨 현실이었음에, 홀로 남겨진 나의 인생은 술에 취해 흔드는 와인잔처럼 위태로워 보였다.

나의 하루는 대체 어떤 결말로 나를 이끌려 하는 걸까. 그녀는 죽음이 반복되는 꿈처럼 나를 기다렸다. 한걸음만 잘못 옮겨도 무너지는 유리로 만든 미로 안에서. 나는 오늘도 신중히 네가 있을지도 모를 거리로 발걸음을 옮기고, 헛걸음을 하던 하루는 어김없이 무너져 내린다. 산산이 흩어진 유리 조각들 사이로 밤이 찾아오고 나는 죽음을 맞이한다. 아침이 밝아오면 하루의 생명을 더 얻고, 나는 또 다시 그녀를 찾아나선다.

그녀는 그런 내게 자신을 느끼게 해줄 단 하나의 흔적 조차 남겨주지 않았다. 아, 술에 취해 흔드는 와인잔 같은 나의 인생이여. 잔은 깨지면 유리 조각이라도 남는다. 바닥에 흩어진 조각이라도 주워가며 완전했던 잔의 기억과 함께 한번 더 성숙해질 수 있다. 흩어진 유리 조각들은 크기라도 달라, 손 끝에 닿을 때의 아픔을 예감할 수 있다. 나는 왜 그녀에 대한 어떠한 소식 조차 들을 수 없는 것일까. 예고없이 찾아오는 아픔을 언제까지 버텨낼 수 있을까.

나는 미치지 않았다. 남들보다 조금더 진지하게 진심을 대하고 싶을 뿐이다. 상대방이 살아온 삶을 무례하게 무시 해보고, 나의 간절함이 남의 간절함보다 몇배는 깊고 진실되다고 어리광을 부리고 싶다. 차라리 낯선 여자의 품에 안겨 마음껏 울고 나면 뭐라도 달라지려나.

첫 눈과 함께 찾아온 단 하루의 추억이 나의 운명에 주어진 모든 행운을 앗아간 것이라면, 오늘 밤의 시련을 억지로라도 이해해야겠지. 한 순간이 었을지라도, 그토록 아름다운 기억을 가져본 것에 대한 극한의 책임이려니. 나의 간절함과는 관계없이, 그 무엇도 기대할 수 없는 나는 앞으로도 계속 우울해야 할 것이다. 울고싶다. 유리잔에 반사되었다가 금세 사라지는 불분명한 그늘처럼, 끝도없이 울어보고 싶다.

#22-3

"뭐 하는 짓이에요!"
"다나에...... ?"

컴컴한 어둠 속 와인잔 깨지는 소리가 뒤통수 어딘가에서 메아리쳤다. 눈이 감겨있다는 얕은 느낌과 함께 곧, 내게는 아무 소리도 들리지 않았다.

#23

 눈에 힘을 줌과 동시에 머리가 찌그러질 것 같은 통증이 밀려왔다. 눈 주위가 코 밑으로 무너져 내릴 듯 숨통을 조여와, 밀어 올리려던 눈꺼풀을 하는 수 없이 내려 놓았다. 몇 없는 지난 밤의 기억을 되새겨보았다. 지난 밤 나를 구원해준 누군가의 극적인 등장 이후 나는 그대로 정신을 잃었던 것 같다. 언뜻 떠오르는 모습은 분명 다나에였다. 내가 누워있는 이 침대가 누구의 침대인지도 모르는 상황이었지만, 내 기억대로 나를 구해준 사람이 다나에라면 일단은 안심이되었다.

 눈과 머리의 통증에 익숙해지자 이어서 다른 고통들이 차례대로 느껴졌다. 속이 거북하고 목이 모래를 삼킨 듯 쓰라린 걸 보니, 지난 밤 한바탕 쏟아낸 것이 분명했다. 그렇다면 나의 두피에서 부터 침대시트까지 베어있는 상쾌한 허브 향은 어떻게 설명해야 할까. 겉으로는 멀쩡한 척 속이 썩은 과일처럼, 나는 나의 겉과 속의 괴리를 이해하지 못하고 있었다. 일단은 몸과 마음이 나른해져 지난 밤의 파편들을 맞추는 데에 집중할 수 있었다.

 무엇보다 단 한 사람에게만 허락하려 했던 여러 감촉들을 낯선 여자에게 빼앗긴 기억이 제일 강렬하게 떠올랐다. 다시 속이 뒤틀리기 시작했다. 나른함은 순식간에 불쾌함과 역겨움으로 변질되었다. 눈을 감고 있으니 기분 나쁜 여자의 새빨간 입술과 독한 향수 냄새가 더욱 생생하게 떠올랐다. 눈알이 콧

구멍으로 나온들 눈을 뜨는 것이 차라리 나을 것 같았다. 활짝 떠진 눈에 들어온 것은 새하얀 천장이었다. 새하얀 천장, 새하얗던 밤들 속의 눈동자.

모든 공간이 에디트를 떠올리게 만든다. 지금도 눈이 내리고 있을까. 창밖에는 아직 눈이 내리고 있을까. 눈이 내리고 있지 않는다 한들, 쌓인 눈을 보고도 가슴이 시리지 않을 수 있을까. 척추를 다친 사람처럼 고개를 빳빳이 쳐들고, 어차피 똑같이 반복될 천장 문양을 계속해서 쫓았다. 사랑은 척추를 타고 퍼진다던 노래 가사가 맥락도 없이 귓가에 맴돌았다. 섣사리 창을 향해 고개를 돌리지 못하는 심정이 엉뚱한 행동과 의미없는 생각들로 채워졌다. 천장으로 시선을 돌리고 있다고 해서 가슴이 아리지 않는 것도 아닌데 말이다.

사실, 점점 인기척이 느껴지고 있는 듯한 기분이 들어 괜히 더 멋쩍은 행동을 하고 있는지도 모르겠다. 혼란위에 또 한 겹의 혼란이 겹쳐 답답했지만, 본래 인간이 지닌 경계심과 공포 때문인지 선뜻 몸이 움직이지 않았다. 술을 너무 많이 마셔서 멍청해진 건지. 천적이 나타나면 땅에 머리를 박고 안심하는 타조처럼 엄한 곳만 쳐다보았다.

고개를 돌리지 않은 채 눈을 최대한 흘겨 인기척의 근원지를 바라보았다. 노을이 파도 위를 부유하듯 일렁이는 금빛 머리결. 다나에임을 확신하고 완전하게 마음이 놓였다. 그러면서도 지난 저녁 다나에와의 복잡 미묘했던 순간에 가슴 한켠이 먹먹했다.

밤하늘을 떠돌던 다나에에 대한 나의 감정이 아침 햇살과 함께 쏟아져 내렸다. 흐트러짐없이 내리쬐는 저 한 줄기 햇살이 그녀를 매일 아침 따스히 안아줄 수 있길. 흔들지 않았으면 움직이지도 않았을 것들, 그 어지럽혀진 마음을 제자리로 되돌려 놓아야 하겠지. 희고 웅장한 구름 하나가 태양을 가려, 그녀의 머리카락이 빛을 잃었다. 구름이 만든 그늘에 그녀의 눈꺼풀 위로 검은 눈동자가 생겼을까, 걱정이 된다. 제발 그런 눈으로 나를 바라보며 살지 않길.

다나에, 그녀를 여름에 만난 것은 행운이었다. 여름의 그늘은 잠시 쉬어가는 그늘, 그렇게 그녀의 아픔이 위로받을 수 있길. 여름의 그늘은 잠시 머물다 떠나는 그늘, 그렇게 나를 잊어가길.

저렇게 큰 구름도 시간이 지나면 언젠가 태양을 놓아줄 것이다. 따사로운 하늘의 빛이 다시 그대에게 손을 뻗을 것이다. 다나에, 그녀는 태양을 가리는 구름을 무엇으로 기억하며 살아갈까. 상처로, 그게 아니라면 자신을 다시 눈부신 여름으로 데려가줄 성장의 기억으로. 태양은 어느새 구름의 끝자락에 걸려있었다. 내가 지금 두 눈을 지긋이 감았다 뜨면, 분명 새로운 햇살이 그녀를 비출 것이다.

숨막히던 다나에의 눈빛과 따스했던 손길 역시 햇살 속을 아른거렸지만, 지난 밤 나의 눈물에 맺히는 유일한 존재가 누구인지 나는 뼈저리게 확인했다. 여전히 내게 그 어떤 감촉보다 진하게 스며있는 것은 분명, 보일듯 말듯한 눈송이 조차 나의 가슴에 외치던 에디드였다.

다나에가 아직 잠들어있는 바로 지금이, 그녀의 곁에서 조용히 사라져 줄 수 있는 마지막 기회일 것이다. 그날의 상황을 해명하는 것이 조금이나마 그녀를 위로해줄 수 있을까. 왠지 이렇게 아무 말없이 떠나더라도 다나에라면 괜찮을 것 같았다. 그런 생각이 막연하게 들었다. 언제나 아무것도 묻지 않고 나의 말을 들어주었던 그녀이기에. 무엇보다 다나에가 깨어나 나와 부질 없는 말들을 이어가게 하고 싶지 않았다. 우울하려고 작정한 사람의 안쓰러운 실수 일 수도 있으나, 이게 옳은거라 되뇌이며 눈을 감아 보았다. 새근새근 불어오는 그녀의 콧바람이 바로 옆에서 느껴졌다. 나의 인중 사이까지 불어들어온 그 숨들을, 들이쉬지 않고 흘려보내기를 몇 번. 몸은 드디어 떠날 준비가 되어 있었다.

몸을 최대한 섬세하게 일으켜 침대 시트를 걷어냈다. 무언의 마지막 눈인사를 건네려는 나의 눈길, 벌어지는 시트 사이로 드러난 그녀의 몸. 나의 눈을 의심했지만 그녀는 완전한 나체였다. 속옷 하나 걸치지 않은채, 넘치는 탄력으로 침대를 움켜쥐고 있는 그녀의 속살.

감탄할 새도 없이 놀라, 요란하게 침대를 박차고나온 나의 몸. 역시나 얇은 천 하나 걸쳐지지 않은 맨 살이었다. 본능적으로 클리셰적인 장면이 떠올라 갑자기 숨이 거칠어졌다. 속으로 '설마'와 '아닐 꺼야'를 반복하며 마음을 진정시켜 보았지만, 깨끗하게 씻겨진 나의 알몸과 침대 위 다나에의 나체가 망상의 퍼즐 속에서 자꾸만 한 몸으로 뒤엉켰다. 달아오르는 몸을 진정시키려, 애꿎은 호텔 가운만 계속 졸라 매었다.

"음......"

다나에가 뒤척이는 소리에 뒷걸음질 치다 침대 옆 스탠드 조명을 엎어트리고 말았다. 그녀가 깨어나고 있었지만, 움직이지 않으면 투명인간이라도 되는것 마냥 꼼짝도 하지 못했다. 자물쇠 구멍 안에서 열쇠가 돌아가듯, 다나에의 몸이 서서히 내 쪽을 향해 돌아가고 있었다. 휘돌아 감기는 골반의 선을 따라 망상 속 흐릿했던 그녀의 은밀한 부위들이 선명하게 덧칠해졌다. 이윽고, 감겨있던 그녀의 눈이 떠지며 서로의 시선이 같은 각도로 기울었다. 자물쇠가 완전히 풀리고, 지난 밤 속의 진실들을 확인해야 하는 순간이 왔음을 직감했다.

"다나에, 어제 대체 무슨 일이 있었던 거죠?"

떨리는 내 목소리와 달리, 다나에는 이 모든 상황들이 아무렇지 않은 듯 차분했다. 다 자란 새끼 새가 둥지를 떠나며 남긴 마지막 솜털처럼 누운 그녀. 편안하게 눕혀진 그녀의 자태가 나를 더욱 긴장시켰다.

그녀는 왼쪽 가슴 위에도 점 하나가 찍혀 있었다. 아마 팔짱을 두르면 내 팔뚝에 닿을 정도의 위치에, 보일듯 말듯하게 박혀있는 점 하나. 그 점이 내게 무슨 말을 해주려 하는지 아직 알 수 없었지만, 누구라도 그녀의 나체를 보게 된다면, 시선이 머물 곳은 주저없이 저 왼쪽 가슴의 점일 것이다. 점은 상대방의 시선을 자신에게 고정시킨 채, 가슴 속 진실된 이야기를 해줄 것처럼 삐뚤어짐 없이 깨끗했다.

"아주 많은 일이 있었죠."
"다나에, 뜸들이지 말고 사실을 말해줘요."
"어디까지 기억이 나죠?"
"와인 바에서 낯선 여자가 나를…… 그때 당신이 나타났고 언뜻 당신 모습을 본 것이 마지막 기억이에요."
"음, 그렇군요."

 병원에서 의사의 수술 결과를 기다리는 환자 가족들처럼 그녀의 입술 움직임 하나하나에 온 신경이 요동쳤다. 무엇을 어떻게 물어봐야 할지, 도저히 정리가 되지 않는 머릿속을 헤쳐가며 굳이 질문 하나를 더 떠올리려 애썼다. 호텔 가운 사이로 늘어진 나의 성기를 아무렇지 않게 응시하는 그녀의 나체. 그녀의 한쪽 엉덩이에도 방안 가득 퍼져가는 압박.

"우린 사랑을 나눴어요."

그녀의 말 한마디에 그녀와 나를 둘러싸고있던 공기가 흰색 페인트 한 통을 뒤집어쓴 것처럼 새하얗게 질려버렸다. 역한 페인트 냄새로 아찔해진 머리속은 그녀가 뱉어낸 말의 의미를 실감하지 못하고, 그녀와 나의 기나긴 정적 속에 주저앉아 버렸다.

충격의 정적 너머로 다나에의 말소리가 희미하게 들려왔다. 지난 밤 그녀를 탐하던 나의 손, 나를 탐하던 그녀의 입술. 거칠게 움켜쥔 서로의 몸에서 새나오던 황홀함의 탄식. 나의 혀와 그녀의 혀가 서로를 어루만짐에 촉촉해져가던 아랫 입술. 그리고 사랑. 다나에의 입에서 흘러나온 사랑이라는 단어가 유독 큰 울림이 되어 텅빈 나의 몸을 울렸다. 사방이 어둠에 잠긴 산 속 되돌아오지 않을 메아리처럼.

사랑. 나를 마주하고 사랑이라는 단어를 입술 사이로 내게 건넬 수 있는 여자가 이 사람일 수는 없다. 오직 한 사람에게만 허락하려 했던 가치를 에디트가 아닌 다른 여자가 나와 나누었다 말하고 있다. 나눈다는 것은 건네고 받는다는 의미. 내 모든 감정을 털어내고, 내 모든 눈물을 바쳐 지켜오던 세상 가장 순수한 결정체를 하룻밤 술 몇 병에 내가 건넸다는 것 인가. 나의 인생과 나의 목숨마저 돌보지 않으면서도 포기하려 하지 않았던 진심. 그 엄청난 것을 지금 에디트가 아닌 다른 여자가 내게서 받았다고 말하고 있는 것 인가. 도저히 인정할 수도, 이해할 수도 없었다.

"아니야……"

"아뇨. 술기운에 기억이 나지 않을 뿐. 어젯 밤 우린 분명 사랑을 나눴어요."

"아니야……"

"아뇨. 우리가 카페에서 손끝으로 공유했던 감정. 그것은 거짓이 아니었어요."

"아니야……"

"아뇨. 우린 어제 몸과 마음으로 그 동안 우리가 숨겨왔던 모든 감정을 확인했어요."

"아니야……"

"아뇨. 더 이상 자신의 환상을 억지로 잡아두는 짓도, 과거에 자신을 묶어두는 짓도 그만해요."

"아니야!…… 그 순간은 당신의 것이 아니야."

"아뇨! 지금 당신이 사랑하고 있는 건 바로 저에요! 그런 저도 당신을 사랑하고 있어요……"

그녀의 아이처럼 순수한 눈웃음에 움츠리던 내 발끝은 알고 있었을지도 모른다. 찰랑이던 머리카락 사이로 보이던 커피색 눈썹에, 입술을 깨물던 내 앞니는 알고 있었을지도 모른다. 왼쪽 목덜미에서부터 귀를 휘감으며 펼쳐지는, 여름의 별자리를 닮은 점들. 그 점들을 몰래 세어 보던 날의 나는 알고 있었을지도 모른다. 하지만 지금, 그 꽃봉우리 같은 설렘들이 자신이 피어낼 꽃잎의 색깔도 모른채 시들어 버렸다.

시들어 고개를 떨구는 인연은 자신의 몸에 연결된 끈을 도려내고 있었다. 구슬픈 소리가 새벽녘 태풍이 되어 몰아쳤다. 갈 곳 잃은 시선이 등대 없는 해변가의 파도에 으스러지고 있었다. 귀가 찢어질 듯한 굉음을 내며 불어오는 바람과 거칠게 부서지는 파도에도 해변가에는 아무것도 보이지 않았다. 수많은 감정이 몰아치고 있었지만, 등대를 잃은 나는 그저 난장판이 되어가는 해변가였다. 아무것도 보이지 않아, 대체 무엇을 태풍에 날아가지 않게 붙잡아야 할지 알 수 없었다. 소름돋는 바람소리에 몸이 굳어, 파도를 어떻게 막아내야 할지 손조차 쓸 수 없었다. 너무 어두워 어디가 바다 인지도, 어디서부터 바람이 불고있는 지도 알길 없는, 나는 그저 더럽혀진 어둠 그 자체였다.

"당신은 그녀를 사랑해줄 수 없어요."
"당신은 그녀를 사랑해줄 수 없어요……"

어둠이 어둠 속으로 사라지는 뒷모습을 향해 누군가의 마지막 절규가 울려 퍼지고 있었다.

"당신은 그녀를 사랑해줄 수 없어요."

#24

 발가벗은 여자가 쓸쓸한 미소를 짓는다. 이번에는 어쩌면 가능하리라 믿었다. 역시나 한심한 기대였다. 아직도 이런 어처구니 없는 희망을 품고 스스로를 희망고문 하는 내가 가여웠다.

"오늘 많이 피곤한 것 같아."

 익숙함과 자연스러움이 묻어나는 나의 말에 여자가 눈웃음을 지어준다. 저 눈웃음이 너무도 싫다. '괜찮아, 그래도 아직 너에게 빠져있어' 라는 메시지가 적힌 저 눈웃음. 이젠 너무도 익숙해 더욱 소름 끼치는 눈웃음을 보며 능숙하게 여자를 달랜다. 여자가 내게 깊이 빠져있는 것이 느껴진다. 심지어 행복해 보인다. 내 자신이 역겨워 몸이 떨린다.
 호텔 침대 위에 누워, 깊은 한 숨이 날아간 천장을 바라보았다. 필연적으로 떠오르는 혼란 속의 그날. 어디쯤 걸어가고 있는지도 인지하지 못한 채 다나에에게서 도망쳤다. 몸이 기억하는 습관에 의지해 겨우 발걸음이 멈춘 곳은 나의 방. 걷어내었던 커튼이 순식간에 다시 닫히고나니, 어둠 속에 덩그러니 던져진 것은 나의 텅 빈 육체였다.

 텅 빈 육체, 말 그대로 모든 것을 잃어 어떠한 생각도, 어떠한 감정도 채워지지 않았다. 어둠에게 갉아 먹히며 문드러져 가던 빈 껍데기는 결국 나를 나에게서 도망치게 만들었다. 절절하게 지켜오던 모든 가치와 신념을 잃고 바라본 세상에는 나도 에디트도 존재하지 않았다. 아침이 밝아 커튼을 걷어내어도, 보이는 것은 깊은 어둠 뿐이었다. 커튼을 열었다 닫았다 의미없는 동작을 반복해 보아도 어둠만이 보여 한바탕 헛웃음이 나왔다.

분출된 광기 뒤에 밀려왔던 것은 소름 돋는 차분함. 멍하니 창밖을 바라보다 아무렇지 않게 빈 껍데기를 주섬주섬 걸치고 밖으로 나갔다. 이제는 어차피 그 어떤 것으로도 지워질 수 없는 흉터가 욱씬거렸다. 한없이 깨끗한 캔버스위에 정갈하지 못한 검은 얼룩 하나가 찍혀있는 것 처럼 보기 흉했다. 빈 껍데기라는 타이틀에 걸맞게 아주 멍청한 생각이 떠올랐다. 온통 검은색으로 칠해버리면 깨끗한 검은색 그림이 될 거라고. 흉터도 분명 가려질 거라고. 그건 사실 얼룩이 아니라 캔버스가 찢어진 것이였는지도 모르고. 멍청하게.

우선 와인가게에 돌아가 다시 일을 하기 시작했다. 사라졌던 나를 걱정과 함께 반겨주는 와인가게 주인과 달리, 직원들은 사교성이라고는 눈곱만큼도 없는 나와 다시 함께 일하게 될 생각을 하니 한숨이 먼저 나오는 듯 했다. 하지만 예전과는 정반대로 바뀐 나의 유한 태도에 잠깐의 놀람, 그리고 경계를 거쳐 호감으로 나를 대하기 시작했다.

나는 누군가에게 부족한 사람이 아니라, 단지 사랑이 부족한 사람이었다. 와인 바에 앉아 내게 먼저 말을 거는 여자를 유혹하는 건 직원들의 호감을 사는 것 이상으로 간단했다. 가끔 와인가게 주인의 안쓰러운 눈빛이 나의 눈과 마딱뜨렸다. 진심이라는 감정 따위, 이젠 진절머리가 날 정도로 우스워진 빈 껍데기는 늘 헤프게 웃고 다녔다. 텅빈 미소라는 것을 그 누구보다 먼저 눈치채고 있을 사람이었지만, 아무런 미안함도 들지않을 정도로 나는 비어 있었다.

그러던 어느 날. 지난번 취한 나를 탐하려 했던 가슴 큰 여자와 또 다시 마주쳤다. 그녀는 나를 보고 그날의 기억이 떠올라 불쾌했는지, 눈쌀을 찌푸리며 나지막히 욕설을 내뱉었다. 그에 대한 보답으로 미소와 함께 와인 한잔을 건네주었다. 머쓱하게 와인잔을 잡으려는 그녀의 손을 살며시 잡으며 지난 날의 일에 대해 사과했다. 손끝으로 전하는 위트있는 스킨십에 그녀의 가슴이 점차 내 쪽으로 기울었다.

와인병에 남은 마지막 잔을 내게 건넨 그녀는, 지난 날의 굴욕을 씻어낼 욕망의 장소로 나를 인도했다. 나를 잃은 빈 껍데기는 어렵지 않게 그녀를 품에 안았다. 지난 밤의 회포를 풀려고 작정한 듯, 그녀는 여자 본연의 수줍음을 생략하고 숨김없이 욕정을 선보였다. 하지만 지금 이 시점에서 가장 민감하게 반응해야 할 나의 몸에는 아무런 변화도 일어나지 않았다. 여자는 지난 기억 속의 불길한 예감이 번뜩이는지 잠시 멈칫했지만, 이미 젖을대로 젖은 그녀는 쉽게 멈출 생각이 없어 보였다. 마지막 몸부림을 쥐어짜내는 그녀의 몸. 여전히 느긋하게 누워있는 나의 몸.

몸이 마비되어 감각이 느껴지지 않는 것은 아니다. 짜릿한 자극이 느껴지지 않는 것도 아니다. 허나 이상하게도, 강력한 힘이 응축되어 있어야 할 그곳은 철저하게 나를 무시했다. 마치 몸에 퍼지는 자극과는 별개로 다른 시공간에 있는 물건처럼 축 늘어져있었다. 그녀는 아무 말 없이 욕실로 향하는 내게 지난 날의 분노까지 곱절로 더해져 화가 난 듯, 혐오라는 단어가 딱 어울리는 눈빛을 하고 나를 노려 보았다. 내게 온갖 답답함이 담긴 괴성을 지르고도 성에 안차는지, 욕실 문을 부술 듯이 수차례 발로 걷어 찼다.

씻고 나오니 그녀는 없고 스탠드 조명이 박살이 난채 바닥에 쓰러져 있었다. 완전히 망가져 두번 다시 그 무엇도 밝힐 수 없을 것 같아 보였다. 그럼에도 침대 머리 맡에 던져 놓고 간 그녀의 속옷 사이즈가 거슬릴 뿐, 그 이외의 감정 변화는 없었다.

이태리 장인이 만든 소파 가죽을 움켜쥐며 상상했을 여성의 엉덩이. 미지의 감촉을 남몰래 느끼며, 허벅지 깊숙히 숨겨왔던 본능적인 호기심. 그 은밀한 신비로움을 실제로 마주하여도 아무런 감흥이 없었다. 나를 위해 온몸을 풀어헤친 여자들과 온갖 관능적인 행동들을 하면서도 아무런 흥분도 느낄 수 없었다. 나를 등지고 떠나가는 여자들의 경멸 가득한 뒷 모습에도 아무런 자괴감이 들지 않았다. 혼자 남은 싸늘한 침대

위, 언제나 처럼 홀로 누워 시계를 보며 시간을 확인했다. 에디트의 시계. 어느새 나는 기억상실에 걸린 사람처럼 너무도 담담하게 시계를 바라볼 수 있게 되었다.

 자신이 생명이 없는 기계임을 강조하듯, 시계는 오직 일정한 간격으로 움직이는 시간만을 내게 보여주었다. 더 이상 추억은 보이지 않았다. 나는 이제 완전한 빈 껍데기가 되어 있었다.

#24-1

또 한명의 낯선 여인이 떠나고 난 침대 위. 누가 떠나던 말던, 원래부터 혼자 누워있던 것처럼 나는 누워있다. 왜, 대체 왜. 언제부터 이렇게 썩어 문드러져있던 걸까. 처음부터 내가 붙들고 태어난 불행이었던 것일까. 고사리 같은 신생아의 손에 옹크리고 있던건 어마무시한 불행의 씨앗. 아무리 악마라 해도 새로운 생명에게 그런 몹쓸짓을 함부로 하진 않을 것 같다……. 그렇담, 마음의 병이 깊어 몸의 병이 되버린걸까. 지독한 마음의 병. 그래, 병이라면 고치면 될 일이다.

이 언짢은 불행을 끝내기 위해 의학의 힘을 빌려보기로 했다. 이는 최후의 수단이었다. 남자로서의 자존심을 칼로 몇 번이고 찔러 자존심이 죽음을 맞이 했음을 두 눈으로 확인하고 나서야 비로소 받아들일 수 있었던 선택. 텅빈 살가죽의 밑바닥까지 기어내려간 나의 자존감으로 움켜쥔 선택. 잠깐의 수치심을 견뎌내면 나의 결함이 치유 된다는 믿음. 고뇌와 갈등으로 빚어낸 광기 어린 칼날은 바로 이 믿음으로 갈아낸 것이었다.

믿음의 대가는 비참했다. 의사는 나에게 아무런 이상이 없다고 말했다. 차라리 몇 년 동안 수 십개의 알약을 매일 같이 받아먹으면 치유 될 수 있다고 말해 주길 바랬다. 거지가 뒷골목에 뿌린 빵 부스러기를 주워먹는 비둘기 마냥 약을 받아먹으면 언젠가, 언젠가는…… 치유될 수 있다고 지껄여 주길 바랬다.

단 한 명의 의사라도 그렇게 지껄여 주길, 간절히 바랬다.

새삼, 내 귓가를 때리던 다나에의 마지막 외침이 환청처럼 들려왔다.

"그녀를 사랑해 줄 수 없어요."

그 말 속에 담긴 진짜 의미를 이제야 이해하게 되었다. 다나에는 분명 그날 밤을 나와 보내며 이 끔찍한 사실을 알게 된 것이다. 이 끔찍한 저주를.

그녀는 마침내 만났다. 자신의 아침을 내어주고 싶은 사람을. 매일 아침 자신의 옆구리를 감싸주던 따스한 아침 햇살보다 원하게 된 한 사람. 그 사람은 한 여자를 완벽하게 사랑해줄 수 없는 사람이었다. 억울하고 괴로웠을 것이다. 나를 바라보며 쌓아온 설렘이 한 순간에 먼지로 변해, 숨쉴 때마다 심장이 따가웠을 것이다. 굉장히 찝찝한 일. 창가 너머로 들어온 햇살 탓에 괜히 눈앞이 따끔거리는 것처럼. 햇살이 아니었다면 몰랐을 먼지들을 들이쉬는 것처럼. 굉장히 찝찝한 일.

그녀를 사랑해줄 수 없어요...... 내게 짙게 묻은 한 사람의 향기 정도는 진작에 눈치채고 있었을 것이다. 내 몸에 베어있는 유일한 여인의 향기가 한동안 그녀의 밤을 눈물로 적셨을지도 모른다. 나를 만나며 자신에게 옮겨 붙은 그 향기에 그녀는 잠을 청하면서도 숨이 막혔을지도 모른다. 하지만 그것은 한 때의 아픔이었을 뿐, 진정한 아픔은 전혀 예상치 못한 곳에서 찾아왔다. 나의 저주를 확인하게 된 그녀. 내 몸에 베인 향기가 누구의 것이든 내가 한심해서 견딜 수 없었을 것이다. 그래서 나의 마지막 뒷모습을 향해 끊임없이 외친 것이다. 나는 그 누구도 제대로 사랑해 줄 수 없음에도, 오직 한 사람의 향기만을 따라 살아온 어리석은 사람이라고.

너는 언제나.
곧 스쳐지나가는 구름에 잠깐 가리워질 달 처럼,
나의 하루에 나타났다.

달 빛에 물든 오늘의 구름이
어제보다 슬퍼보였다면
너는 또 다시 지난 밤의 꿈처럼
눈물로 나를 깨울 것이다.

잠깐 설레버린 것에도
오랜 시간 아파하는 나는
미련할 정도로 외로운 사람이다.

그러니,
네가 잘못한거다.

소중히 지켜온 그동안의 모든 가치를 버리고 비뚤어진 비탈길 위를 구르기 시작했다. 추억과 환상의 뒤편에 알게 모르게 쌓여가던 것은 한 사람에 대한 원망과 상처였던 것일까. 자신의 결함을 저주로 추궁하던 빈 껍데기는 진심으로 사랑했던 여자를 단숨에 마녀로 몰아세웠다.

마음이 악의를 품자, 온몸에는 검은 피가 흘렀다. 순수의 감정이 검은 피와 섞이자 목구멍 아래로 가래가 들끓었다. 헛기침 한번에 눈물이 한 웅큼, 추억이 한 웅큼. 토해낸 가래는 발밑에 쌓여 늪이 되었다. 타락의 늪 속 추잡한 괴물로 변해가는 나의 자아. 이곳 저곳에서 다가오는 육체들을 마다하지 않게 되었다. 심지어 텅빈 공허함을 채우려 직접 자신의 껍데기를 벌려 온갖 더러운 것들을 불러들였다. 그 안에서 욕망의 덩어리들이 맘껏 놀아나는 것을 보며, 언젠가 자신도 저렇게 썩어갈 것임을 덤덤히 받아들였다.

그렇지만 나는 본질적으로 완전한 괴물이 될 수 없었다. 자신이 지닌 어마어마한 결함을 눈치채지 못한 채, 제대로 걸을 수도 없고 되돌아 올 수도 없는 외딴 길을 절뚝이며 거닐었던 것이다. 후회할 수도 없게 된 지금, 더러운 몸뚱이에서는 이름 모를 여자들의 쓸쓸한 비웃음 만이 악취가 되어 진동했다.

그녀들을 울부짖게 만들고 싶다. 황홀함에 몸서리 치게 만들고 싶다. 나의 주체 못할 육체에 감탄하다 지쳐 한계에 다다른 그녀들의 숨소리만이 내 곁에 머물게 하고 싶다. 스스로를 죽이며 이런 역겨운 결정을 내렸던 나였기에, 언제나 같은 결말로 반복되는 나의 기대와 욕망은 정말이지 찝찝한 굴욕이었다. 타락의 길을 걷기로 마음먹고 더러운 구렁텅이로 몸을 내던졌는데, 아무리 뒹굴어도 몸에 오물 하나 묻지 않은채 숨쉴 때마다 썩은내가 나는 것과 같았다. 더러운 바닦으로 깊게 가라앉는 것 만이 타락의 늪에 발들인 나의 유일한 결말임을 알고있다. 이미 예상하고 덤벼든 음지의 세상이였다. 내 손 끝으로 방향을 가르켜 빠진 늪에 후회나 두려움 따위가 있을리 없었다. 어차피 더럽혀진 몸, 마음껏 헤엄치고 싶은 생각 뿐이었다.

그랬던 내가 늪 속에서 물장구조차 칠 수 없다는 것. 나의 존재의 이유가 의심될 정도로 혼란 스러웠다. 타락의 늪으로 작정하고 발을 담갔는데, 알고 보니 나는 본질적으로 타락의 삶을 누릴 수 없는 껍데기를 뒤집어 쓰고 태어난 것이다. 아가미 없이 바다에 태어난 물고기의 기분이 이러할까.

나는 지금 살아있는 채로 관 속에 갇혀있는 사람이다. 작은 몸부림 조차 허용되지 않는 공간 속에서 단 한번의 쾌락을 시도하며 온갖 더러움을 인내하려 하고있다. 갑갑함에 몸부림 치려 하지만, 의지가 거부된 공간이 주는 공포에 정신은 이미 타락한 광기로 뒤덮여, 차라리 육체 마저 얼른 썩게 해달라고 빌고있다. 나는 순간의 타락과 본체가 지닌 결함의 끊임없는 반복에 지쳐 처참한 소멸을 맞이할 것이다. 결국 스스로 뛰어든 늪에서 헤엄한번 쳐보지 못하고, 점점 괴상한 모양으로 가라앉는 것이다. 그렇게, 많은 사람들이 순간의 고독으로 탐하게되는 단순한 쾌락 하나 온전하게 누리지 못하고 사라지는 것이다.

적어도 누구나 겪고 사는 아픔의 일부가 될 수 있도록, 적어도 평범한 삶의 일부가 될 수 있도록, 적어도 스스로가 아닌 죽음이 나를 찾아올 수 있도록. 순수의 세월이 간직해온 하얀 속살을 한 겹씩 벗겨내 늪 속에 풀어내 보지만, 늪은 내게 조금의 속죄도 허락하지 않으려 검고 깊었다.

역시, 나는 더 이상 아름다웠던 추억 속에 존재할 수 없다. 이젠 그 무엇으로도 존재할 수 없는 내가 마지막으로 할 수 있는 일. 스스로 자신의 존재를 지우는 것. 이 아무 의미 없는 인생을 매듭짓는 것.

#25

젊은 베르테르의 슬픔. 자신만의 롯데를 사모하던 수많은 젊은이들을 베르테르 단 한 사람과 동일한 선택을 하게 만든 책. 때문에 한때 금서로도 지정되었던 책. 300여 페이지의 종이에 담긴 글만으로 어느 한 사람의 인생을 아무것도 아닌 일로 만들 수 있다니. 어느 한 사람이 지내온 수많은 날들을, 내일이면 보지 못할 한 점의 구름으로 만들 수 있다니. 참으로 매력적이다.

차가운 새벽의 달빛에 반사된 거울 속, 베르테르가 있었다. 거울 속 그의 모습은 내가 책을 읽으며 상상했던 모습보다 훨씬 더 비참했다. 나만의 롯데, 에디트. 추억만이 아른거려 금방 촉촉해지던 눈동자는, 더 이상 밤하늘의 별하나 담기도 힘들만큼 녹슬어 있었다. 심장이 두근거릴 때마다 선홍 빛으로 물들던 입술은, 이미 오랜시간 설렘을 맛보지 못해 둔탁한 보라 빛으로 멍들어 있었다. 그녀를 향한 순수함만이 벅차올라 새벽 공기 처럼 뿜어져 나오던 숨결에서는, 언제 부터인가 단어가 딱히 떠오르지 않는 역겨운 냄새가 진동했다.

한 순간 세상 모든 사람들이 슬퍼 미쳐버렸으면 좋겠다. 내가 이상해보이지 않도록. 오늘 지금, 이 밤이, 그 순간이라 여기고, 아침에 눈을 뜬 여느 평범한 사람처럼 노래를 틀었다. 이 노래를 듣고있자면 내리는 비가 단순히 날씨 탓만은 아닌 것 같아, 눈을 감아보거나 입술을 깨물게 된다. 창밖에 비는 내리고 있지 않았다.

겨울이라는 단어가 한번도 흘러나오지 않는 노래에서 너와의 겨울을 떠올리는 나. 아침 보다 밤에 누군가 그리운 것은, 겨울에 잡았던 손이 여름보다 따듯하게 기억되는 것과 같음을.

너무 아름다운 노래를 듣게 되면 매번 그 노래와 밤을 걸고 내기를 했던 나. 동이 틀 때까지 이 노래가사 보다 아름다운 글을 쓰지못하면, 스스로 목숨을 끊겠다고.

숨구멍으로 들어오는 공기를 가르며 들어올린 두 손 끝에 들려있는 권총 한 자루. 왼쪽 손목에 무심코 걸려있는 시계, 그녀의 시계. 손목 위, 그녀의 입맞춤으로 봉해놓았던 추억들이 뿔뿔이 흩어져 방안 가득 쌓여버린 상처. 손목 위로 솟은 정맥을 타고 온몸에 퍼지던 뜨거운 입술의 감촉은, 시들어가는 몸과 함께 말라 비틀어져, 거친 나의 숨소리와 닮은 둔탁한 시침 소리 만이 어둠 속에 남겨진 마지막 생명의 기색이되어 울려 퍼졌다.

인간이 죽음을 예감하기 직전, 자신의 인생에서 가장 아름다웠던 순간들이 한편의 필름처럼 눈앞을 스쳐 지나간다고 했던가. 과연 나의 텅빈 육체 안에서도 그 순간들의 영엄한 감촉이 느껴질 수 있을까. 시들어버린 심장을 몸 한구석에 매달아 놓아봤자 더러운 피가 몸 속을 누빌 뿐인 것을. 그러니 더 이상 아무런 의미도 남지 않은 이 못난 인생을 팔아, 다시 한번 그녀와의 추억을 음미 할 수 있다면. 그 순간을 단 한번만이라도 얻게 된다면. 죽음이란 내게 있어 너무도 달콤한 거래이다.

오늘 내가 죽음을 다짐해도.
너는 오늘 밤 나의 꿈에 나타나지 않을 것을
알고 있다.

 그녀에 대한 작은 기억 하나 온전히 뿌리내릴 수 없게 푸석해진 몸. 뛰지않는 심장 그 어딘가에 남았을 마지막 그리움을 한 방울 쥐어짜, 서서히 방아쇠를 잡아당겼다.
 좁혀지는 방아쇠 틈 사이로 그녀가 보였다. 완벽한 황금비율을 유지하며 떨어지는 르네상스시대의 신전처럼 뻗은 그녀의 가녀린 어깨. 가장 좋아하는 노래를 틀어놓고 내린 블랙 커피의 따뜻한 입김처럼 찰랑이는 머리카락. 메마른 겨울 속 다가올 봄의 기운을 속삭이는 촉촉한 대지와 닮은 눈동자, 그 안에 고스란히 담겨있는 사계절의 별자리. 새하얀 눈을 머금었음에도 차가운 기색 없이 포근한 순백의 피부. 오직 지구 반대편의 겨울에서만 볼 수 있다는 환상의 오로라인 듯, 두 눈으로 보고도 꿈에서 본 듯한 착각에 빠지게 만드는 아름다운 미소. 그리고 그 안에 수줍게 피어있는 한 송이 눈꽃, 그녀의 입술.
 아, 처음으로 나를 스쳐갔던 그날의 그녀였다. 나는 또 그날처럼, 그녀의 마지막 발자국이 사라질 때 까지 바라만보고 있다. 차오르는 눈물 속의 그녀가 태초의 별처럼 빛났다. 섬뜩하게 차가운 방아쇠에서 그녀의 손길이 느껴진다. 그녀는 우리가 나눈 숨결들을 쓸어 모아 내게 천천히 손 내밀고 있었다. 아, 분명한 첫사랑의 기억이었다. 두 번 다시 잃을 수 없는 추억을 향해 오므라들던 손가락이 결국, 그녀의 손을 움켜잡았다.

"탕!"

Last Chapter

#26

오늘 아침 잠겨있던 눈을 떼어낼 때만 해도
어제가 되어버린 너의 밤에 분명,
내가 있었을 거라 생각했다.

나의 감정이 온통 너로 깊어
의심이라는 생각을 떠올릴
의심조차 들지 않았다.

하지만 문득,
오늘 밤부터는 내가 너의 밤에
없을지도 모르겠다는 생각.
이미 밤하늘의 가루가 되어 흩날린 나를,
눈물이 몰래 감추어주고 있었다는 생각.

저 숨막히게 아름다운 별들 조차
때가되면 수억 년의 시간을 끌어안고 사라지는데

내게 숨죽여 삼켜낸 슬픔이 있다고 해서
저 광활한 우주의 먼지가 되는
숙명을 피해갈 수 있을까.

이렇게 하늘이 유독 청아한 날의 나는
고백 하기도 전에 마음을 들킨 사람처럼 슬프다.

차라리 눈물을 닮은 비라도
추억을 품은 눈이라도 내려 주었으면.

그랬다면,
하늘이 아닌 내 발끝을 보며
눈물, 흘리지 않으련만.

  깊지도 얕지도 않은 감각. 무의식 속은 예상외로 활기가 넘치는 곳 이었다. 내가 상상했던 무의식은 어두운 밤의 잔잔한 호수와도 같았다. 아무런 흔들림 없는 호수 한가운데 백조 한 마리가 떠있는 거다. 현실 속의 백조는 우아한 표면 아래에서 쉼없이 발길질을 한다지만, 무의식 속의 백조는 아무런 움직임 없이도 호수에 떠있을 수 있었다. 백조가 밤 하늘과 호수의 경계를 명확하게 구분해주고 있었지만, 이상과 현실이란 쉽게 선 그을 수 없는 선명한 어둠.

  무의식 속에서는 꿈꾸는 모든 것이 가능했다. 다만, 무의식은 꿈과 매우 흡사하면서도 꿈과는 분명 다른 차원의 공간이었다. 꿈 속이 일차원 적인 시점의 이동이나 행동의 흐름이라면, 무의식 속은 의식을 떠돌던 생각이나 언어적 요소들의 무덤 같았다. 별이 죽음을 맞이할 때의 폭발, 그것과 매우 흡사했다. 의식 하나가 무의식 속에서 죽음을 준비한다. 의식이 품고있던 생각들이 우주에서 흩어지는 별의 조각들 처럼 아무런 규칙도 없이 날아간다.

바나나가 떠올랐다. 살아 생전, 바나나를 이토록 진지하게 바라본 적이 있었나 싶다. 식탁 위에 놓인 바나나 한 묶음. 서로 얼싸 안고 있는 일고 여덟 개의 바나나. 그 중에는 꼭 먼저 썩으려는 바나나가 있다. 아직 가장 노란 빛이 도는 바나나, 그리고 가장 빠르게 갈색 빛으로 상해가는 바나나. 우리는 제일 먼저 썩게될 갈색 바나나를 골라 집는다.

왜 그리 아무렇지도 않게 가장 갈색 빛이 도는 바나나를 집으며 살았던 걸까. 왜 고민도없이 가장 먼저 썩어 문들어질 바나나를 뜯어 내 입술에 비벼댔을까. 내일 당장 죽게 된다면 오늘의 나는 너무나 소중한 존재일 것이 뻔한데.

어느 그림이 되었건 그림 속 티끌하나 없이 노란 바나나는 모두 거짓이다. 싱싱하게 익은 바나나만 기억하고 그림을 완성하는 화가는 아주 형편없는 사람이다. 확실한 것은 오직 죽음 뿐이다. 영원한 것은 없다. 생각보다 일찍 찾아온 죽음은 있어도, 영원히 찾아오지 않을 죽음은 없다. 어쩌면 우린 너무나 쉽게 내일이 올거라 여긴다. 오늘 밤이 당신의 마지막 밤인 것처럼, 나와 당신은 가장 아름답게 익은 바나나를 골랐어야 했다.

어차피 한번 사는 인생이라 술잔에 대고 소리치지만, 우린 언제나 처럼 내일이 올것만 같아 두려움에 떨고있다. 사소한

갈색 바나나의 죽음 하나 간단히 떨쳐내지 못하면서. 나는 누구보다 자유롭게 살아갈꺼라 외친다.

이 무슨 말도 안되는 소리인가......

길을 걷다 눈을 감고 숨을 있는 힘껏 들이 쉬어본다. 내가 정말 숨을 쉬며 살고있는지 헷갈렸기 때문이다. 늦은 새벽 내리는 폭우에 잠이 깼다. 잠에서 덜 깬 눈동자 탓에, 시야에는 완전한 어둠 밖에 보이지 않았다. 침대에서 일어나 발끝을 바라본다. 발등이 서서히 보이기 시작했지만, 여전히 어둠이 밤을 지배하고 있었다. 살며시 보이는 발등과 어둠. 어느날 밤 우울에 목매달게 되면 보게 될 시선을 미리 경험하는 것 같았다.

목에 줄은 묶여있지 않았지만 내가 정말 숨을 쉬고있는지에 대해서 자꾸만 의심이 들었다. 살아있는 시체, 나는 그야말로 산송장이었다. 네가 떠난 새벽, 너는 나의 숨 마저 앗아간 것이었다. 그렇게 아침이 밝았다. 그녀가 숨을 앗아가고, 숨이 잠을 앗아가고, 잠이 의식을 앗아갔다. 그래도 아침이 밝으면 옷을 걸치고 문밖을 나섰다. 누구나 그리하며 살아가니까.

한번쯤, 온 몸에 물감을 뒤집어 쓰고 온 방안을 휘져어 보아라. 인간은 누구나 살면서 한번쯤 그랬어야 한다. 위대한 예술가들 모두 그렇게 내일을 맞이했다. 진정한 인생의 내일을.

점점 더 앞 뒤가 맞지 않는 말들이 근본없이 무의식을 휘져었다.

불이 얼음을, 얼음이 불을 사랑하게 된다면 어떨까.

얼음을 사랑한 불이 있었다. 불은 한걸음 뒤에서 얼음의 뒷모습을 훔쳐보았다. 얼음은 멀찍이 느껴지는 불의 작은 시선에도 힘겨워 했다. 따사로운 불의 시선에 몸이 따끔거렸기 때문이다. 얼음은 난생 처음 흘려보는 뜨거운 땀방울이 두려웠다. 얼음은 낯설게 흔들리는 자신의 심장이 걱정되었다.

얼음에 대한 불의 마음은 영원히 타지 않는 장작과도 같았다. 얼음에 대한 불의 마음은 멈출줄 모르고 타올랐다. 불은 얼음의 차가움까지 안아주고 싶어 견딜 수가 없었다. 불은 얼음의 냉기 조차 끌어안고 자신의 마음을 고백했다. 얼음은 자신을 안고 타오르는 불 때문에 고통스러웠다. 얼음은 결국 자신의 일부를 도려냈다.

얼음은 불이 안고 있던 자신의 일부를 조각내 불을 떨쳐냈다. 불은 얼음이 자신에게 남겨준 얼음의 일부를 두 손에 담았다. 순식간에 사라지는 얼음을 보자 눈물이 났다. 자신의 몸에 닿는 눈물 또한 금세 수증기가 되어 사라지는 자신의 인생이 미웠다. 하염없이 흘리던 눈물이 불의 발끝에 고였다. 불은 자신이 흘린 눈물 속으로 한 줌 거품이 되어 사라졌다. 자신이 흘린 눈물 마져 모두 태우고 사라진 불의 자리에는 그 무엇도 남아 있지 않는 듯 했다.

얼음이 도착했을 때, 불은 이미 사라지고 없었다. 불이 머물던 자리에는 아직 식지 않은 작은 온기 하나만이 아른거렸다. 얼음은 불이 머물었던 자리 위에 몸을 눕혔다. 남아 있던 온기에 얼음이 눈물처럼 흘러 내렸다. 불이 곁에 없음에도 얼음은 녹아내렸다. 이제서야 가슴이 차갑다는 것과 시리다는 것이 다름을. 불을 떨쳐내고 미어지던 가슴은 차가워지던 것이 아니라 시렸던 것임을. 이 모든 감정이 불 때문이었음을.

완전히 녹은 얼음이 불의 눈물 자국 밑으로 스며들었다. 다시 한번 적셔진 불의 빈자리에는 얼음을 위한 마지막 온기가 남아있었다. 얼음은 주저없이 불의 온기를 받아들였다. 얼음은 수증기를 타고 하늘 높이 날아올랐다. 불이 사라지며 남긴 연기의 흔적을 따라가는 얼음. 얼음은 불의 영혼과 함께, 비가 되어 내릴 날을 상상해 보았다. 불을 사랑한 얼음이 있었다.

장미와 가시. 장미와 장미의 줄기에 달린 가시의 이야기. 이 두 생명에게 또한 사랑이야기 하나쯤 만들어주고 싶었다. 이 둘 역시 사랑했으면. 그랬으면 좋겠다.

세상에서 가장 아름다운 장미 한 송이가 있었다. 장미가 꽃의 여왕이라는 말은 이 장미의 존재로 부터 시작된 것 이었다. 장미는 자신의 향기 만으로 만물을 사랑에 빠지게 만들었다. 온갖 새들과 식물들이 서로 사랑에 빠졌고, 넘치는 사랑은 대지에 축복을 가져왔다. 장미 한송이를 중심으로 퍼져나간 사랑은 어느새 숲이 되었다.

숲 속에는 언제나 활기가 넘쳤다. 새들은 장미를 위해 매일 아침 아름다운 노래를 불렀고, 비가 올 때면 나무들은 잎이 가장 넓은 가지를 뻗어 장미가 비에 젖지 않도록 해주었다. 장미는 자신을 아껴주는 이들에게 감사하며 더 멀리 자신의 향기를 퍼트렸다. 덕분에 숲은 더욱 푸르게 물들어 갔다.

이윽고 향기는 사악한 뱀에게까지 퍼지고야 말았다. 간사한 뱀은 장미가 혼자 있을 깊은 밤을 노렸다. 장미의 아름다움을 직접 눈으로 확인한 뱀은 그 아름다움을 탐하고 싶어 참을 수가 없었다. 장미가 애타게 도움을 요청했지만, 모두가 잠든 고요한 밤의 정적에 구슬픈 노래가 되어 울려퍼질 뿐이었다. 밤하늘에 깨어있는 달과 별들만이 이 광경을 안타깝게 지켜보았다. 뱀은 줄기를 휘감으며 장미를 향해 서서히 혀를 날름거렸다. 순간, 뱀이 비명을 지르며 순식간에 숲 저멀리로 달아났다. 장미는 영문을 알 수 없었지만, 분명 자신의 아름다움이 가진 위대한 힘이라 여겼다.

다음날 아침, 장미는 이 무용담을 온 숲에 알렸다. 자신의 아름다움이 사악한 뱀을 물리쳤다고. 자신의 아름다움은 강력한 뱀도 범할 수 없다고. 자신이 세상에서 가장 위대하다고. 자신감은 도도함을 넘어 추악한 오만이 되어갔다.

장미는 숲속의 생명들을 무시하고 하찮게 여기기 시작했다. 새들은 더 이상 장미의 곁을 지켜주지 않았고, 나무들 역시 더 이상 장미를 위해 자신의 몸을 내어주지 않았다. 새들이 없어 해충들이 하나씩 몸을 기어오르기 시작했다. 나무가 가지를 뻗어주지 않아, 쏟아지는 비를 맨몸으로 견뎌야 했다.

장미는 점점 늙고 볼품이 없어졌다. 짙은 후회의 눈물을 흘려보았지만, 눈물이 흐를 수록 빠져나가는 수분에 꽃잎이 누렇게 변할 뿐이었다. 결국 장미는 지난날의 반성과 함께 땅으로 고개를 떨궜다. 아래에서 위로 부는 바람에 뜯겨나가는 살결. 꽃잎은 찬란했던 시절의 먼지가 되어 공중에 흩날렸다.

마음으로 꿈 꾸곤 했었지. 머리가 아닌 마음으로. 자신의 우아하고 멋진 꽃잎은 언젠가 날개가 될거라고. 아침이 오는 하늘 위로 붉은 날개를 펼쳐, 떠오르는 태양 곁으로 날아갈꺼라고. 거꾸로 떨어지며 태어나 처음으로 자신을 지탱하고 있던 줄기를 보았다. 하늘 높은줄 모르고 빳빳하게 들고 있던 고개 밑의 자신. 매끈하고 아름다울 줄로만 알았던 자신의 몸에 흉측하고 날카로운 것이 달려있었다. 가시였다.

어둠이 있어 빛이 있었고, 더러운 현실이 있어 누군가의 꿈이 아름다웠음을. 굳은 뱀의 피로 얼룩진 가시가 기어오르는 해충을 온몸으로 막아내고 있었다. 장미가 바닥에 널브러져 가시를 불렀다.

"그대는 누구인가?"

"가시 입니다."

"네가 있었기에 내가 아름다울 수 있었던 것이구나. 너는 내게 오직 아름다운 것만 바라보게 하고, 오직 아름다운 것만 듣게 하였다. 너 역시도 한번쯤 아름답고 싶었을 것을...... 왜 그런 것이냐?"

"그것이 사랑입니다."

"세상 모든 사랑을 피어나게 하고도, 정작 나 자신의 사랑을 돌보지 못했구나."

"그것이 꽃이 피면 시드는 이유입니다."

사랑하는 사람에게 장미를 준다는 것. 그건 어쩌면 장미가 아니라 가시를 선물하려는 것일 수도 있다. 당신이 장미처럼 아름다울 수 있는 것은 내가 당신을 사랑하기 때문이라고. 내가 당신을 영원히 지켜줄 가시라고.

죽음이란 쌓이지 않고 사라지는 눈과 같다. 흩어지지도 않고 사라지는 눈을 언제까지 기억할 수 있을까. 무의식 혹은 꿈과의 대화, 이 곳에는 아무도 없다. 눈이 녹아 눈물이 될 여지도 없이 사라지기 때문이다. 결국 죽음은 혼자 맞이하는 것이다. 그 어떤 죽음이 되었건 이는 변치 않을 진리일 것이다.

죽은 뒤에는 아무도 안아줄 수 없기 때문에. 오직 나를 잃은 슬픔을 위해 울어줄 그 누군가가 나의 죽음 뒤에 있을지라도, 이 세상에 없는 내가 그 사람을 안아줄 수는 없으니까……

그 아무리 소중한 생명 일지라도 어느날 갑자기 당신 곁을 떠날 수도 있다. 세상의 모든 존재들이 하루라도 빨리 이 사실을 알고 사랑에 빠졌으면 좋겠다. 나의 죽음으로써 세상 모든 존재들에게 영혼을 부여해주고 싶었다. 세상의 모든 존재들이 서로 사랑에 빠지도록 만들어 주고 싶었다. 세상 모든 존재들의 이루어질 수 없는 사랑을, 내가 다 이루어주고 싶었다.

#26-1

  하얀 벽, 하얀 천장, 그리고 하얀 옷을 입고 있는 나. 내가 상상하던 사후세계의 모습과 매우 흡사했지만, 아쉽게도 나는 아직 현세에 존재하고 있었다.

  눈을 뜨고 나서도 한참을 찾아 헤매었던 나의 영혼. 무의식 속을 떠다니고 있을 나의 영혼은 어디로 간 건지. 하얀 공간을 흐트리는 초록색 마크가 눈에 띄었다. 영혼을 봉인하는 주술처럼 새겨진 병원 마크에, 나른했던 무의식의 여정은 끝이나 있었다. 왼쪽 소매에 박힌 병원 마크를 보고 나서야 깊은 잠에서 깨어난 사람처럼 눈동자가 흔들렸다. 무의식에 머물기로 결심한 영혼, 의식은 미련없이 무의식을 떠나 현실로 돌아왔다. 둘은 세상 어느 곳에서도 공존할 수 없기에.

  고요한 새벽, 울린 총성에 놀란 주민의 신고로 경찰들이 집에 들이닥쳤다. 그 곳엔 섬뜩한 기운을 풍기는 그림자 하나가 미동도 없이 서있었다. 영혼을 잃은 나의 그림자였다. 발가벗은 한 남자가 산산 조각이난 거울 앞에서 권총을 쥔채 눈물을 흘리고 있었던 것이다. 기괴한 상황에 놀란 경찰들이 황급히 나의 팔과 다리를 제압했다.

  경찰들은 충격적인 현장에 꽤나 소름이 돋았었는지, 분명 무언가 아주 흉측한 사건이 일어났다고 확신했다. 하지만 집요한 취조 끝에 그들이 찾아낸 것은 내 손목에 걸린 시계 하나와 집 여기저기 널 부러져있던 글들이 전부였다. 소리없는 물

증들에 대한 답을 들으려 내게 수많은 질문과 압박을 가했지만, 극도의 불안증상을 보이던 나는 멀쩡한 대답 한번은 커녕 숨 한번 제대로 쉬기 힘들어 했다고 한다.

결국 이번 사건을 단순 자살 기도로 판단한 경찰은 나를 풀어주었지만, 정신과 의사의 소견으로 나는 정신병원에 입원하게 된 것이었다.

아무런 감정의 흐름없이 창 밖을 바라보았다. 아마 어제도 그랬던 것 같다. 거의 천장에 닿을 듯 높게 달린 작은 창틀 사이로는, 순수한 하루의 변화들 만이 보였다. 새들이 보이지 않아도, 새들이 지저귀는 소리에 새벽이 지나 아침이 오고 있음을 알 수 있었다. 해는 보이지 않았지만, 물감으로는 절대 표현하지 못할 파스텔 톤의 하늘을 보며 노을이 지고 있음을 알 수 있었다. 눈물은 보이지 않아도, 서글프게 불어오는 텅빈 밤바람에, 오늘 밤 누군가는 또 흐느끼고 있음을 알 수 있었다.

문득 멋진 생각이 들었다. 그래, 내가 이곳에 있다는 것은 내가 진정으로 사랑에 미쳐있다는 증거다. 내가 이 방안에 갇혀있는데, 그 누가 나를 보고 미치지 않았다 말할 수 있을까. 사람들은 너무도 쉽게 사랑을 입에 담고 사랑에 미쳐있다고 말한다. 과연 그것이 조금의 거짓도 망설임도 없는 진심일까. 정작 그들이 하고 있는 건 다른 누군가에게 좀더 사랑받기 위한 얄팍한 감정 다툼. 사랑이라는 위대한 가치를 자신의 인생에 부여하기 위해 자신을 애써 미화하고 있는 것 일뿐. 인류가

시대를 불문하고 광적으로 갈망하는 최대의 환상인 사랑을 자신이 정복했다고, 최면을 걸고 있는 것.

반면에 나는 아무도 부인할 수 없는 사실로서 이곳에 갇혀 있다. 사랑에 미쳐있다고 모두에게 인정받아 이곳에 갇혀 있는 것이다. 갑자기 기분이 좋아져 웃음이 나왔다. 미친 사람의 웃음. 사랑에 미친 사람의 웃음이었다.

#26-2

 깊게 고인 우울 속. 커튼을 다시 열어 재친 이유는 무엇이었나. 그건 바로 그녀와의 아름다운 추억을 더럽히지 않기 위함이었다. 더럽혀진 추억이라는 낙인을 내 몸, 그리고 그녀의 몸에 새기지 않기 위한 필사의 손짓이었다. 하지만 지금, 수갑이 채워진 나의 손으로는 커튼을 열고 닫을 자유 조차 없어 보였다.

 침대부터 손목까지 아주 계산적으로 연결된 수갑. 수갑은 답답하기 보다 오히려 내게 안도감을 주었다. 자유를 박탈당한 우울에는 다양한 색의 눈물이 흐르지 않는다. 수갑에 묶여 있음에도 자신만의 어둠 속에서 느끼는 평온함. 나는 점점 플라톤의 인식의 동굴 속 존재와 융합 되고 있었다.

 동굴 속의 존재와 다른 점이 있다면, 나는 이미 바깥세상을 등진 존재였다. 작은 창틀 너머로 느껴지는 새로운 하루의 기운에도 호기심은 생겨나지 않았다. 지금 나의 모습을 바깥 세상에 비춰 그녀를 모욕하고 싶지 않았다. 나의 손목에 채워진 것이 시계인지, 수갑인지. 더 이상 알고싶지 않았다.

 병원에서의 생활은 단조로움을 넘어 순조로웠다. 나는 매우 온순하게 병원 생활에 임했다. 의사가 묻는 그 어떤 질문에도 불쾌한 감정은 생겨나지 않았다. 얌전하게 앉아 충실히 대답하는 나에게 의사는 일부러 짓궂은 질문을 하기도 했다. 간호사의 지시에 따라 몇번의 주사든 불평없이 맞았다. 다른 방의 환자들과 시비가 붙거나, 혼자 괴상한 행동을 하지도 않았다.

점점 병원 생활에 익숙해져, 말하지 않아도 때가 되면 알아서 수갑을 손목에 채웠다. 사슬을 잡아당기며 안전하게 묶여있음을 알리는 나. 간호사는 이런 나를 자기네 집 강아지 보듯 대견스럽게 쳐다보았다. 의사는 아무런 말썽도 피우지 않고 정서적으로 안정된 나를 긍정적으로 대했다. 더 이상 약을 투약하지 않을 것을 제안하며 병원 안에서의 가벼운 산책도 허가해 주었다. 대신 산책 시간을 엄수하라며 내손에 시계 하나를 쥐어주었다. 에디트의 시계였다. 아주 잘해내고 있다는 말, 그리고 신뢰의 증표라는 말도 덧붙였다. 신뢰의 증표......

방으로 돌아와 스스로 시계를 풀고 수갑을 채웠다. 모두 내가 정신적으로 안정되었다 여기고 있지만, 사실 그건 크나큰 착각이었다. 내가 평범한 사람처럼 감정적인 절제를 하고 있다고 생각하겠지만, 사실 감정의 뿌리가 거세 된 느낌에 가까웠다. 옆방 환자의 발작에도, 창틀 넘어 들리는 앰뷸런스 소리에도 나의 세상은 고요했다.

그 어딜 바라보고, 그 어느 곳을 거닐어도 나는 동굴 속의 존재였다. 아무런 생각도 들지 않는, 아무런 감정도 솟아나지 않는. 이 황량한 평온함에 안주하고 싶었다. 나는 오랜시간 방을 떠나지 않았다.

어떤 시계를 보아도
숫자는 무의미해 보였다.

눈을 감고 나만의 세상에 귀기울여 본다.
정적 속을 일렁이는 심장박동 소리만이
내게 남은 시간이었다.

너는 여름의 모래 사막 위로 쌓이는 눈꽃이다.
너는 이른 여름 퍼붓는 장맛비 속의 함박눈이다.

나는 어차피 흘러갈 세월 속에서
늙고 추악해질 것이다.
나를 억압하고 있던 모든 사람의 시선을
눈물 한잔에 떠나 보낼 것이다.

내 안에 남은 추억 하나만을 썹지도 않고 삼켜내,
오늘 나의 새벽을.
잠못들고 아파하는 누군가에게
양보할 것이다.

#26-3

오늘 따라 병원 복도가 요란했다. 투명한 문 넘어로 간호사들이 분주하게 돌아다니고 있는 모습이 보였다. 맞은 편 비어 있던 방에 새로운 환자가 오려는 듯 했다. 병원에 오게된 뒤 처음으로 주의 깊게 맞은편 방을 들여다 보았다. 언뜻 보아도 꽤 오랜 시간 주인 없이 창고처럼 쓰였던 방인 것 같았다.

투명한 유리문에는 이름이 적힌 팻말이 자랑스럽게 걸려있었다. 나보다 먼저 미친 사람에 대한 경의랄까, 내 방문에 걸린 이름과는 다른 애잔함이 느껴졌다. 저 사람은 어떤 사연이 있어 미쳐버린 걸까. 왜 다시 바깥세상으로 나가고 싶었던 것일까.

'잔 리비(Jeanne Libi)'
이곳을 탈출한 위대한 영웅의 이름이었다.

이름으로 보아 여성으로 추정되는 그녀. 그녀를 다시 세상 밖으로 이끈 것은 대체 무엇이었을까. 이 부질없이 미쳐버린 인생에서 그녀는 무슨 미련이 떠오른 것일까…… 그녀가 아직 맞은편에 있다면 한마디 조언이라도 구하고 싶었다.

엎드려 턱을 괴고 있던 손이 저려와 문을 향한채로 몸이 뒤집어졌다. 나의 단 한가지 질문에도 대답 해주지 않을 맞은편 방을 거꾸로 바라보았다. 머리에 피가 쏠려 눈이 감겼다. 눈을 깊아도 미무는 잔상은 아마도, 응시하고 있던 영웅의 이름 이려니.

느긋하게 머물던 잔상은 금세 사라지나 싶더니, 눈꺼풀을 타고 더욱 선명한 곡선이 되어 움찔거렸다. 눈물에 모든게 흐릿해질수록 선명해지곤 했던 한 사람의 잔상처럼. 낯선 영웅의 이름은 글자의 선명도와는 관계없이 계속해서 낯설게 느껴졌지만. 아이러니하게도, 원인 모를 익숙함이 눈꺼풀과 눈동자 사이의 공백을 자극했다.

농후한 침 한 방울. 나뭇잎 끝에 걸쳐있던 아침의 눈물은 이슬이 되어 목젖 아래로 떨어졌다. 운명이 나를 과거로 데려가려는 말도 안되는 순간이 나를 엄습했다. 메말라 있던 감정의 뿌리가 밀물에 몸을 적시는 해변의 모래처럼 반짝였다. 뿌리는 예기치 못한 순간에 찾아온 촉촉함에도, 오늘밤이 무심코 흘려 가서는 아니됨을 자각하고, 순식간에 온몸을 줄기로 휘감았다. 응고되어있던 무지개 색 감정들이 혈관을 타고 흘렀다.

누구나 매서운 시련에 무릎 꿇을 수 있다. 얼어버린 심장에 자신을 잃어버릴 수도 있다. 뜨거운 추억 하나가 자아를 상실했던 동굴 속 존재를 깨우치게 한다. 인간은 어디로든 날아가고 싶어한다.

사랑을 하지 않는 자,
태어나지 않은 것과 다름이 없고

더 이상 사랑하지 않는 자,

이미 죽은 것과 다름이 없다.

 이미 오래 전 부터 소유했왔던 하루의 호흡에도, 낯선 세상에 갓 알을 깨고 나온 아기 새처럼 몸이 떨렸다. 껍질이 갈라지듯 부르르 떨리는 입술 사이로 겨우 한마디를 내 뱉을 즈음. 고고한 운명 역시 중력이 끌어당기는 인연은 거스를 수 없음을 깨닫고, 우주의 기운이 떨구는 눈물이 되어 흘렸다. 어느새 몸은 끝까지 당겨져있는 수갑에 매달려 있었다. 더 이상 다가갈 수 없는 문을 향해 널브러져 애타게 중얼거렸다.

"Libi…… 1917…… Libi, 1917, Libi 1917"

Modi, Amedeo Modigliani(아메데오 모딜리아니),

그를 따라 죽음을 선택한

오직 그 만의 여인.

Jeanne Hebuterne(잔 에뷔테른).

그리고, Jeanne Libi(잔 리비).

에디트의 시계에 새겨진 진짜 이름.

#27

비밀을 알아내는 유일한 방법은
비밀이 먼저 말걸어 주기를 기다리는 것이다.

 냉정을 유지하자, 냉정을 유지해야 한다. 이곳을 빠져나가 그녀를 볼 수 있는 기회는 아마도 오직 한번. 사실 이 한번이라는 기회는 나의 어리석은 행동이 자초한 결과에 가깝다. 양호한 병원 생활로 보아 나는 길어야 두달 안에 병원에서 퇴원할 가능성이 높았다. 몰래 빼돌린 파일에 적힌 그녀의 집주소를 비롯한 그녀의 신상정보. 꿈에서나 그리던 사람이, 언제라도 만날 수 있는 사람이 되었다. 초조해할 이유는 전혀 없었다. 정상적으로 퇴원을 한 뒤 그녀를 만나러 가는 것이 이성적으로 옳겠지. 이 방법이야말로 그녀와 나, 서로에게 있어 최고로 현명한 선택이겠지. 어설프게 감옥을 탈출해봤자 하루를 못넘기고 잡힐 것이 뻔했다. 그녀를 만나기도 전에 체포되는 최악의 시나리오 또한 배제할 수 없었다. 감옥 탈출에 실패한 죄수 신세가 되면 평생 그녀를 볼 수 없을지도 모른다. 냉정한 이성 역시 이에 격하게 동의하고 있었다.
 하지만 그녀는 내게 있어 이성의 손이 닿지 않은 도자기와 같음을. 오직 순결에 대한 맹세로 빚어낸 나의 도자기, 나의 에디트. 물론, 이성의 위협은 언제나 도사리고 있었다. 이성은 마음이 그리움에 무뎌질 때를 집요하게 노려, 그녀를 환상과 함께 모조리 산산조각 내고 싶어 했다.

나의 그대여 겁내지 말기를. 당신은 내게 있어 영원히 깨지지 않을 도자기. 운명은 이를 몇번이고 내게 확인 시켜 주었다. 거세게 부딪치는 이성의 울림에 그녀의 몸에 금이 가려 할 때면, 메마른 줄로만 알았던 감정의 샘은 다시금 신비롭게 솟구쳤다. 뜨겁게 차오르던 샘물에 씻겨 내린 그녀의 몸은 어느새 또 말끔히 빚어져 있었다.

유난히 깊은 밤에 찾아왔던 그리움 속, 나는 그녀와 같은 별자리를 바라보고 있던 것이다. 추억 속의 그녀에게 현실을 빼앗겨 새벽의 공기가 얼마나 상쾌한지 망각해왔을 뿐. 그녀를 추억했던 날들이 인생을 빼곡히 수놓았다. 그녀를 기다려온 세월이 영겁의 시간 속을 걷는 것 마냥 버겁게 느껴지던 것은 모순이 아니었다. 그렇기에 한시라도 빨리 그녀를 만나러 가야 한다. 지독하게 견뎌온 기다림 위로 쌓이는 단 1초의 무게, 내게는 한없이 잔혹하다.

에디트의 이름이 왜 '잔 리비(Jeanne Libi)'로 되어있는지에 대해서는 알 길이 없었지만, 사진 속의 얼굴을 따라 그려지는 건 한치의 오차도 없이 기억되어있는 그날의 그녀였다. 손가락 끝이 붉게 닳아 어깨가 쓰라릴 때까지 새겨왔던 얼굴이다. 그 옆에 적힌 몇 글자의 이름이 나를 망설이게 할 수는 없었다.

그녀임을 확인한 순간, 나는 이미 드넓은 빙판 한 가운데를 내달리고 있었다. 이 얇디 얇은 냉정이 얼마나 유지될 수 있을지 장담할 수 없는 지금, 사실 나는 초조하고 겁이 난다. 빙판

이 깨지고 그 균열 사이로 어떤 진실이 솟아오를지 도저히 가늠할 수 없기에.

비록 사진이었지만, 주체 못할 기쁨과 함께 지난날들의 설움이 밀려왔다. 거침없이 눈물샘을 자극하는 사진 속의 그녀. 행여나 다음날 눈을 떴을 때 흐려질까, 매일 밤 놓지 못했던 그 얼굴이었다.

기쁨도 잠시, 그녀의 병원 기록이 전해오는 충격에 손목이 저려왔다. 기록에 따르면 그녀는 나와 새벽을 함께한 그날의 다음날 이곳에 입원했다. 나를 처음이자 영원히 홀로 남기고, 나에게 마지막 입술을 남기고 떠나간 날의 바로 그 다음날.

입원 사유는…… 자살, 이었다. 내가 그녀의 아름다움에만 취해, 그녀의 눈동자 깊은 곳 가녀리게 떨리던 슬픔을 눈치채지 못했던 것은 아닐까. 자괴감이 들었다. 겨울의 바람만 스쳐도 시린 자국이 새겨질 것만 같던 그녀의 새 하얀 손목. 그 여린 손목에 깊게 그인 상처들. 사진 속 선명하게 그어진 상처들이 그대로 나의 눈을 그어버린 것처럼 고통스러웠다.

떠올려보니, 그녀는 이름 모를 나라의 언어로 흘러나오는 슬픈 노랫말에도 눈물이 맺히던 외로운 사람이었다.

네가 밤하늘에 더 어울리는 사람이라 좋았다.
너의 피부가 하얀 이유는
달빛이 너를 사랑하기 때문이거나
나만이 아는 너의 뒷모습을

내가 사랑했기 때문이다.

가끔 눈을 감고 너를 그려본다.
왜인지 너는 항상 혼자였다.

나비는 화려한 꽃 앞에서
더 오랜시간 날갯짓을 할테지만
너는 새벽과 사랑에 빠진 꽃이었다.

유난히 별은 없고 달만 떠오른 흔한 밤
창가에 혼자 기대어
날이 밝아옴을 보지 못하고
밤하늘과 함께 사라질것만 같았다.

해가 뜨기 전의 하늘이
가장 어둡다는 사실을 알아버린 나는,
너에게 아무말도 건넬 수 없었다.

해뜨기 전의 하늘이 가장 어두운 것처럼, 내일을 마주하기 전의 시간들이 가장 가슴 시린 것 일까. 오늘만은 절대 그녀의 손을 놓지 않을 것임을 수없이 맹세하며 나는 달리고 있었다.

#28

겨울은 너에게 어떤 의미인가.
내가 생각하는 겨울과
네가 생각하는 겨울이
조금이라도 같았다면,
우리는 진작에 만났을 것이다.

또 다시 겨울이, 또 다시 너를,
또 다시 내게로 데려 온다.

겨울의 거리에서 나누었던 입맞춤이 다른 계절의 입맞춤보다 애틋하게 느껴지는 것은 우연이 아니다. 그 만큼 겨울은 나쁜 계절이다. 어떤 계절의 기억 보다 더 짙은 추억을 만들어 버리는 겨울은, 나쁜 계절이다.

어리석다. 인간은 자신이 느끼는 감정만이 세상의 전부라 여기고 한심한 방황을 하기도 한다. 내가 붙잡고 있는 추억을 세상 그 어떤 추억보다 아름답게 조각하는 일에만 정신이 팔려, 그녀의 진정한 아픔을 알아채지 못한 나를. 시간은 가장 힘겨웠던 하루의 상실감으로 나를 호되게 채찍질 하려는 것이 분명하다.

오늘 우리 앞에서 노을이 저물게 된다면,

나는 이를 외면한 채

너만을 바라보려 한다.

 자신의 얼굴로 스스로의 운명을 점쳐 보는건 바보같은 짓이니까. 나의 모든 미래는, 내가 사랑하는 사람의 얼굴에 있다. 그 사람이 웃으면 나의 내일 아침은 설레임으로 나를 깨울 것이며, 그 사람이 울면 나는 내일도 쉽사리 잠들지 못할 것이다. 나의 진실된 행복을 점치고 싶었다면, 한번이라도 더 사랑하는 사람의 얼굴을 들여다 보았어야 했다.

 거친 숨을 고르려 멈춘 곳이 꽤나 익숙한 장소라는 사실에 심장은 여전히 멈추지 못하고 있었다. 다나에의 시계 공방.

 다나에...... 다나에는 언젠가 나의 멈춘 시계를 고쳐주기 위해 자신의 공방에 나를 데리고 간 적이 있었다. 공방이라기 보다 가장 속 깊은 비밀들을 보관해 둔 조그만한 서랍에 가까운 공간. 곳곳에 놓인 쓰임새 모를 도구들과 아기자기한 시계부품들, 나는 어느새 수줍어 볼이 빨개지고 있었다.
 때문에 더욱 나의 마음을 사로잡았던 것 같다. 언뜻 사랑의 문이 내게 전하는 떨림과 비슷한 이 공간을, 몇 걸음 만으로 설렘이 가득 차버리는 이 아담한 공간을, 나는 몇 시간이든 거닐 수 있을 것만 같았다. 이제는 내 몸 어디에도 남지않은 순결을 유일하게 간직하고 있을 사랑의 문. 어쩌면 이 곳에 발을 들인 후로 다나에에게 진심으로 설레기 시작했던 것일 수도.

 낯선 곳에서 너무도 익숙한 추억이 느껴진다. 추억의 대상과 다른 사람 앞에서 추억을 상대하는 것 만큼 어색한 일이 또 있을까. 이 공간을 둘러보는 내내 나의 눈에 아른거린 것은 다름 아닌 에디트였다. 공방에 꽤나 많은 시계들이 있었지만, 묘하게도 시계 안에 열쇠 모양이 조각된 시계는 단 한 개도 찾아볼 수 없었다. 에디트가 유독 특별한 시계를 나에게 주었다는 뭉클함이 차올라 또 다시 추억 속을 허우적거릴 뻔했다. 정신을 차리고 생각해 보니 에디트가 내게 남긴 시계가 탄생한 공방에서 그녀를 떠올리는 건 우스울 정도로 당연한 것이었다.

#28-1

비록 바로 눈앞에 다나에의 공방이 있었지만, 병원 기록에 적힌 주소가 가리키는 곳은 엄밀히 말해 다나에의 공방 바로 옆 건물의 2층이었다. 뛰어 온 것과는 별개로 가슴이 진정 되지 않았다. 진정 되지 않는 어리석은 가슴아. 내가 견뎌온 시간들 앞에서 망설이는 것이 얼마나 큰 모욕인지 깨닫고 거세게 문을 두드렸다. 깊은 새벽 문을 두드리는 소리가 비장하게 울려 퍼지자 새와 바람 조차 조용히 울음을 삼켰다.

재차 문을 두드리는 노력에도 인기척은 느껴지지 않았다. 문은 굳게 닫혀 있고, 내게는 오직 한번의 기회가 주어져있음을 새삼 되뇌었다. 시침이 곧 새벽 3시에 닿을 듯 말 듯 함에 손목 위의 시계가 떨렸다. 냉정의 빙판 위로 미세한 균열이 생겨나고 있었.

운명은 누군가의 인연을 가지고 장난치기를 좋아하는 변태임에 틀림없다. 운명의 몹쓸 악취미로 인해 희망은 또 다시 빛을 잃어가고 있었다. 심지어 새벽조차 어둠을 놓아주는 새벽 3시에 말이다. 하늘이 세상의 그 어떤 아픔에게도 빛을 나누어 주려는 시간에, 운명은 내가 눈치채지 못하는 사이 어둠 한 조각을 나의 등에 꽂아 놓았다.

이곳에 에디트가 없는 거라면, 정말 시간이 얼마 남지 않았다. 아마도 곧 나의 탈출이 발각될 것이다. 오전 순찰을 담당

희는 간호사가 이불을 들춰 내가 없는 것을 확인하고 기겁하겠지만 곧바로 비상벨을 누를 것이다. 내가 에디트의 병원 기록을 가져갔다는 것은 바로는 눈치채지 못할 것임으로, 경찰은 우선 나의 집으로 향할 것이다. 이로서 시간을 좀더 벌 수는 있겠지만, 이 자그만한 동네에서 나를 찾는 일에 그리 오랜 시간이 소요되지는 않을 것이다. 에디트의 병원 기록이 사라졌다는 사실도 금세 알아차릴 것이다. 어쩌면 이 어설픈 탈출 행각의 모든 것이 순식간에 발각되었을 가능성도 있다.

만약 최악의 상황이 오더라도 허둥대지 말자. 또 다시 그녀를 놓친 지난날의 겨울처럼 행동한다면, 나는 정말 볼품없이 미쳐도 할말이 없다. 어차피 내게는 내일의 내 모습은 떠오르지 않는다. 이 문 너머에 공허만이 나를 기다릴지라도 반드시 들어가보아야 한다. 내게 내일은 없다. 아니, 내게 내일은 필요 없다.

#28-2

　공방 모퉁이 쓰레기 더미에서 겨우 쓸만한 망치를 찾아냈다. 망치의 연결부분이 심하게 덜렁거렸지만, 반 이상이 으스러진 잿더미 속에서 이만한 물건을 찾은 것을 행운으로 여겼다. 흔들리는 망치에 힘을 주어 창문을 몇 번 두드리자, 창문은 여린 물방울이 지면에서 퍼지듯 산산조각이 났다. 이렇게 쉽게 깨질 줄 알았으면 그냥 발로 걷어찰 것을이라는 생각을 하면서 창문 안쪽으로 손을 넣었다. 그리고 다시 한번 내가 망치를 찾아낸 것에 깊은 행운을 느꼈다.

　창문 커튼 뒤에는 쇠창살이 있었다. 자신을 세상으로 부터 가두려 설치한 것인지, 아니면 세상을 자신으로 부터 격리시키려 설치한 것인지. 쇠창살을 원망스러운 눈으로 거세게 흔들었지만 꿈쩍도 하지 않았다. 답답한 마음이 심장을 그대로 밟아 시큼한 통증이 느껴졌다.

　시간이 나를 절벽으로 밀쳐내는 드센 기운에 손가락 사이로 땀이나기 시작했다. 오한처럼 느껴지는 긴장감을 숨에 담아 한번 크게 고르고, 망치를 있는 힘껏 쥐어 문고리를 내리쳤다. 문고리가 약간 휘어져 감에 쉬지 않고 문고리를 내리쳤다. 아직 문이 열릴 정도는 아니었지만, 곧 문고리가 부서질 것 같은 조짐에 망치를 더욱 간절히 움켜쥐었다.

　"팅"

금속과 금속이 괴롭게 마찰하는 소리가 고요한 살기가 되어 거리를 울렸다. 망치의 쇳덩이가 튀어나가며 후려친 가슴 한쪽을 움켜쥔 채, 나는 새하얀 거리 위로 고통스럽게 널브러졌다. 속절없이 부러진 망치가 내 옆에 나란히 누워있었다. 흔들리던 망치처럼 동요하던 나의 감정이 함께 부러져 눈물이 핑 돌았다. 내가 울면 하늘도 흘러내릴 것 같았다.

나의 마지막 희망, 내 인생의 마지막 결심을 괴롭히는 하늘이 미웠다. 아무 말없이 으스러져 내려오는 다이아몬드 가루 같은 눈이 너무 아름다워 미웠다. 조금도 내 기분을 헤아려주지 않고 내게 안기는 눈이 여전히 사랑스러워 미웠다. 두 팔을 크게 벌리고 누워 너무도 미운 눈을 바라보자니, 그냥 한바탕 잠들고 싶었다. 최대한 좋은 꿈을 꾸며 잠들고 싶었다.

절벽 끝에서 바라보는 새하얀 세상은 의외로 평온했다. 인간은 모든 것을 잃은 듯한 기분에 젖어 드는 시점에, 오히려 지극히 평범한 무언가에 심장이 뜨거워지나 보다. 극단적인 상황 속의 극단이라는 것은 순간을 여유롭게 만드는 역설을 지니고 있나보다.

초조하게만 느껴지던 시간들은 무언의 메세지처럼 응축되어, 내게 기나긴 시간으로 다가왔다. 망치가 심장을 강타하기 전 손목을 매정하게 후려쳤는지, 기스 한번 내본적 없는 에디트의 시계가 맨 살을 드러내고 있었다. 으스러진 유리 틈으로 보는 시계안의 열쇠는 두드러지게 정교해 보였다. 마치 세상 어느 문 중 하나에는 반드시 맞물려 돌아갈 것 처럼 생긴 진짜 열쇠처럼.

  날카롭게 조각난 시계 유리. 피로 물들어가는 손가락 위로 유리를 걷어냈다. 쓰라린 손 끝으로 전달되는 쇳덩이에서 예사롭지 않은 감촉이 새벽을 환하게 밝혔다.

  겨울의 하늘, 처음으로 내려오는 눈에 입술이 떨리듯, 본능적으로 열쇠를 끄집어내 열쇠 구멍에 새겨진 상처 사이로 천천히 밀어 넣었다. 망치에 얻어맞아 떨림으로 가득한 문고리가 서툴게 애쓰는 열쇠를 겸허히 받아들였다. 새벽은 열쇠와 함께 농후한 융합을 일으키며 서서히 구멍 속을 흥분으로 채워나갔다.

  풍문으로만 듣던 첫 경험의 진상인 듯, 놀라울 정도도 부드럽게 열리는 문. 순간 느껴지는 의문의 중력. 세상이 나를 위해 공전하고 있다는 착각과 함께 한곳으로 집중되는 시선. 가려진 문틈 사이로 벌어지는 현실과 달리, 동공은 으스러질 듯 모이며 초점을 잃어갔다.

#28-3

 어떤 진실이 나의 현실에 담길지 두려워하던 나의 어리광이 우스울 정도로, 문 너머의 현실은 심히 일관되어있었다. 설마 다나에가...... 라는 생각이 끊이질 않았다.

 예고 없이 튀어나온 예감이 앞서 무의식 속을 잔류하던 예감의 꼬리를 문다. 다나에의 공방에서 감지했던 에디트의 잔상. 그 잔상 앞을 망가진 전구처럼 깜빡이던 혼란. 그리고 내 눈 앞에 펼쳐진 나의 조각들.

 금방이라도 사진 위로 눈물 한 방울이 흘러 내릴 것 같은 나의 얼굴. 가로등 불빛아래 서서 내리는 눈을 어루만지는 나의 창백한 손...... 방 한 가득 오직 나로만 채워진 나를, 바라보는 나.

 에디트의 단서들이 이끈 장소가 온통 다나에가 찍은 나의 사진들로 가득하다. 에디트가 떠난 뒤 다나에가 내게 접근했다. 다나에는 나의 모진 행동들에도 나의 곁에 있으려 했다. 다나에의 공방에서 느낀 에디트의 흔적, 그 흔적의 진실은...... 다나에는 에디트로 잠긴 나의 표정에도 언제나 아무것도 묻지 않았다. 에디트와 나 단둘만의 추억마저 들여다보고 있는 사람처럼. 설마, 다나에가 바로......

 2층으로 올라가는 계단은 어느덧 끝나 있었다. 한 걸음씩, 발 끝으로 풀어내던 의문의 씨앗은, 뿌리깊이 허리를 감아 가슴을 조여왔다. 심장이 두근거리는 소리만으로도 눈 앞의 문이 열릴 것 같았다. 이 문 너머에 공허만이 가득해 또 다시 나를 어두운 방안에 가두어도 좋다. 서로를 껴안던 그날의 시간이, 남은 내인생에 두번 다시 없을 단 하나의 추억이여도 좋다. 단 하루의 그날이 앞으로는 느끼지 못할 내 삶의 유일한 행복이었다 해도 좋다. 부디 단 한 순간 이었더라도, 한 순간만이라도 나처럼, 딱 그날 하루의 나만큼, 그녀의 마음도 진심으로 내게 설레었다는 흔적 하나 남아있길……

#28-4

너무 아름다운 추억은 나를 슬프게 할지도 모른다 했다. 그렇다면 또 다시 찾아올지 모를 아름다운 순간의 벅참은 무엇으로 받아들여야 하나. 어리석은 인간은 도저히 알 수 없다. 그럼에도 인간이 행복할 수 있는 이유는, 인간이야말로 무언의 순간 속에 담긴 의미를 느낄 수 있는 유일한 창조물이기 때문일 것이다. 답을 구하러 다가오는 하나의 숨결을 마주하고 또 다른 숨결 하나가 곁에 머물고 있는 것만큼, 가슴 벅찬 일이 흔히 있기에 세상은 너무 감동적이다.

발자국 한번에 오늘 흩날리던 눈이 유난히 포근했던 이유를 알게 되고, 발자국 한번에 그 동안 흘렸던 눈물들보다 지금 흐르는 눈물이 유독 맑은 이유를 알게 되고, 발자국 한번에 어제 감아버렸던 눈을 다시 깨워 내일의 세상을 바라보는 이유를 알게 되는 이 순간, 인간은 흐느낀다.

서로의 눈에 서로가 담길 정도로 가까운 거리에서도, 입술의 떨림이 전해질 공간이 아직 존재한다는 사실이 시리도록 기쁘다. 언제나 한숨 한번에 추억 속으로 흩어지던 환상 속 존재는, 인간에게 자신의 모습을 들키고도 인간만을 바라봐주고 있었다. 자기 자신 역시 간절히 기다려온 그 사람이 지금 바로 눈 앞에 있다고, 서럽게 새겨온 추억은 일방적인 발악이 아니었다고, 눈빛은 그렇게 나를 다독여주고 있었다.

흐느낌을 억누르려 할수록 더욱 굵게 맺혀가는 눈물이 야속했다. 흐릿해지는 그녀가 지난날 눈앞에서 사라진 그녀의 모습과 겹쳐, 눈물샘을 도려내고 싶을 만큼의 간절함이 주체 없이 흘러내렸다.

순간 나의 볼에 포개지는 구체적인 순수의 감촉. 신선한 공기와 함께 사라지는 불안과 근심. 세상 모든 아름다움이 우리를 향해 빛을 발하는 이 순간, 여신은 내게 슬픔을 허락하지 않으려한다. 두 번 다시 놓지 않겠다 다짐해온 날들을 담아 그녀의 손을 붙들자, 서로의 손을 통해 채워지는 공백이 따스하게 눈물을 닦아주었다. 그녀의 손을 꼭 쥔채 눈물을 거두며, 인간은 나약한 자신을 하염없이 위로해준 성숙한 여신을 향해 고개를 든다.

또한, 울고 있었다. 처음 그날 처럼 내리는 눈이 벅찬지 내 볼에 손을 기댄 채 고개 숙여 눈물만 떨구고 있었다. 보이지 않는 얼굴 옆 수줍게 드러난 귓볼을 바라보았다. 작은 울림에도 서로의 목소리가 맴돌던 기억 역시 함께 맴돌아, 오랜 이별의 시간 조차 이 운명을 인정할 수 밖에.

말로써 홀로 지내온 서로의 시간을 들춰낼 필요가 없음이 느껴졌다. 잃어버린 시간들을 전하기 위해 내 볼에 올려진 그녀의 손. 손 끝을 타고 흐르는 내가 없던 그녀의 하루, 그녀가 없던 나의 하루. 서로가 떨군 눈물들이 차가운 바닥에서 뜨겁게 섞여감에, 신이 태초에 바다를 만들듯 애틋함이 감동을 가르고. 서로가 없던 날들이 한편의 영화처럼 뒤엉켜, 마치 언제나 함께였던 것처럼 서로의 기억 속으로 스며들고 있었다.

새벽에 지는 어둠을 바라보았다. 서로를 그리워하던 지난날의 새벽을 투명한 눈물로 씻어내자, 그녀의 아름다움에만 취해 보듬어주지 못했던, 그녀의 눈동자 깊은 곳 가리워져있던 슬픔이 모습을 드러냈다. 얼음이 서린 눈 밭에 피어난 한 송이 꽃 같은 그녀의 슬픔. 두 번 다시 그 어떤 시련도 그녀에게 상처 입힐수 없도록 시계를 풀어 그녀의 손목을 감싸 주었다.

금방이라도
눈물 한방울이 떨어질 것 같은 밤하늘을
너는 무엇으로 가리곤 했을까.

걸핏하면
그리움으로 차오르는 하루의 석양을
너는 무엇으로 견디곤 했을까.

나는 추억이라 답했고
너는 사랑이라 답했다.

어리석은 나는
너를 추억 속에 가두어 두고
사랑을 약속했다.

사랑스러운 너는

여전히 나를 사랑으로서
사랑하고 있었다.

사랑이라 속삭이는 너를
나는 사랑할 수 밖에 없다.

　잠 못 이루던 밤의 꿈처럼 내려오는 새하얀 눈. 새로운 현실과 포근하게 입맞추는 새벽의 눈꽃. 드디어 찾아온 따스한 겨울은 희미하게 떠있는 별들을 한아름 품에 안고, 묵묵히 지켜온 자신의 가장 완벽한 아름다움을 뽐내기 시작한다.

　감히 티끌 하나 스치지 못했던 순수의 결정체는 완전히 치유되어 있었다. 입술 위에 포개 놓았던 꽃잎이 수줍게 걷히고, 이 순간의 주인이 그녀와 나임을 알리는 금빛 물결이 우리를 감싸안았다. 포기하지 않고 서로를 간직해온 시간에 대한 보상인 듯, 세상은 온 힘을 다해 우리의 순간을 음미하고 있었다. 그 어느 때보다 새하얀 세상 속 화려하게 피어난 꽃은 만물의 시선을 빼앗고 있었지만, 오직 나만을 품에 안고 있었다. 벅찬 황홀함이 나의 저주를 걷어내고, 내게 사랑의 순간을 선사하고 있음이 느껴졌다.

　몸 한구석을 짙게 드리운 그늘이 금빛 물결에 휩쓸려가고, 믿음으로 간직해온 여린 속살이 상처입은 달빛을 은은하게 퍼트렸다. 흘러 넘치는 달의 기운을 두 살결로 감싸 안아 서로의 몸으로 밀어 넣으니, 드넓은 세상, 인연이라는 끈으로 엮여있던 그날의 설렘들이 단 하나의 중력이 되어 서로를 빨아들였다.

  우연을 가장했던 인연은 진실된 운명을 직감하고, 모든 것을 벗어 던진 채 당당히 본능과 마주하고 있었다. 오랜 시간 홀로 내쉬던 숨결은 난생처음 느끼는 향기에 만취해, 한번도 맛보지 못했던 전율을 자신의 마지막 새벽에 토해냈다. 어느새 서로의 모습은 온데간데 없고, 오직 한가지 감정을 지닌 숨결만이 방안을 채워 나갔다. 무색의 공간 안에서 이루어지는 무감의 향연. 우리는 어떤 단어로도 형용하기 힘든 떨림 속을 끊임없이 파고들고 있었다.

#29

너무도 깊게 새겨져
영원히 사라지지 않을 것 같은 미친 나날들이

지긋한 시간 속에 늘어져
평범한 일상처럼 흘러갔던 나의 하루들.

우리가 살아가는 날들에
문득 남겨졌던 것은 추억이겠지만

처음 느낀 사랑의 감정은
환상의 경계에 걸쳐진 불빛과 같다.

어느날 불어온 바람에,
현실과 환상 사이에서 나를 흔드는.

그런 것이다.

 너와 처음으로 와인을 마셨던 기억이 난다. 와인 한 병을 들고 근사하게 집에 들어섰지만, 고독했던 습관이 덩그러니 걸어놓았던 단 하나의 와인잔. 결국 단 하나의 잔에 오가던 두개의 손길. 잔을 들어 올릴 때마다 그녀가 잡고있던 곳에 내 손이 스쳤을지도 몰라, 너몰래 훔치던 누근거림. 네가 잔을 들어 올릴 때 마다 신경쓰이던 잔의 가장자리, 그 곳에 닿았을 너의 입술.

보랏빛 하늘이 생각보다 일찍 묽어질까, 조마조마 했던 밤. 별들이 평소보다 일찍 꿈나라로 가진 않을까, 잠들지 못했던 밤. 별이 하나 더 떠오르게 되었을 때의 우리가 너무도 궁금했던 밤.

그럼에도 평생 잔이 마르지 않기를. 잔 하나를 사이에 두고 영원히 그녀를 바라볼 수 있길 바랐던, 태양은 없고 달과 별들만이 있던 그날 밤의 와인. 바로 그 와인. 세상에는 존재하지 않을 한겨울 밤의 와인.

#29-1

꿈에. 언제인가 꿈에서. 네가 사라지고, 현실 속을 거짓처럼 헤메이던 어느 날 밤의 꿈에서. 너를 보았다.

바로 눈 앞에 보임에도 닿을 수 없음이 절대적으로 느껴지던 평소의 너와 달리, 그날 꿈의 너는, 내게 안긴채 셀 수 없이 입을 맞추어 주었다. 너를 찾아 홀로 비틀거리던 거리에서 네가 먼저 나를 알아봐 주었다. 혼자 기울이던 술잔 옆에는 너의 잔이 함께 있었다. 홀로 쓰러져있던 눈길 위에서 너와 손을 잡고 파묻혀, 눈내리는 하늘을 바라보았다.

너무 행복해 눈뜨고 싶지않았다. 너무 행복해 꿈이 현실이라는 착각에 빠지고 싶었다. 꿈 속의 세상을 현실이라 여기고, 무의식에 걸쳐진 착각 위를 아무런 가식없이 유랑하고 싶었다.

그날 꿈의 나는, 죽고싶지 않은데도 매일 죽음에 대해 고뇌했던 밤들의 의미를 깨달아 가고 있었다.

행복에 마비된 의식이 무의식에게 완전히 잠식되려는 찰나, 문득 꿈 속의 그녀가 매순간 내게 똑같은 미소를 짓고있음이 늘어진 필름처럼 곡썹어졌다. 꿈에는 금세 균열이 생기기 시작했다. 금이 가기 시작하는 꿈 사이로 나는 황급히 나의 표정을 확인했다. 미소짓는 그녀가 바라보고 있던 나의 얼굴은, 함께 웃고있어야할 나의 얼굴은, 눈물 범벅이었다. 현실 속의 나였다.

　서로 다른 차원의 존재들이 하나의 공간에 머물기에는 세상은 불완전했다. 파격적으로 비현실적인 그녀의 모습과 지극히 현실적인 나의 모습이 꿈이라는 환상에 함께 존재하려 하자, 이상과 현실의 괴리는 걷잡을 수 없이 나의 꿈을 무너뜨렸다. 단 하루의 추억으로 하루 이상의 꿈을 꾸려하자, 의식은 그녀와의 시간들이 완벽한 꿈 임을 눈치채고 나의 목에 줄을 매달아 무의식 속의 나를 힘껏 끄집어내었다.

　그날 밤의 꿈 같은 시간들이 시공간을 비틀어 현실 속의 나에게 찾아왔다. 지금 이 순간, 꿈과 현실은 한층의 두툼한 경계를 허물고 그녀와 나 사이의 한뼘 남짓한 공간에서 이어졌다.

　몸 구석구석에는 낭만이 가득했다. 방금 전 내가 겪은 은혜로운 순간들이 행여 꿈이나 무의식이라면, 나는 스스로 의식의 무덤을 만들겠다. 그리하여 내가 방금 받아들였던 그녀의 모든 것, 그녀가 내게 불어넣었던 모든 것을 현실로 단정 지을 것이다.

　생각한다. 고로 존재한다. 나는 위대한 철학자 데카르트의 말을 순순히 받아드릴 것이다. 몸과 마음이 온통 그녀의 생각으로 물들어있는 지금, 바로 지금의 생각으로 평생 존재하려 한다. 언젠가는 식을지도 모를 이 뜨거운 생각들을 껴안고, 더 이상 그녀 이외의 생각들이 눈 앞의 그녀를 방해할 수 없게 할 것이다.

나는 곧 죽을 것이다. 아니, 죽고 싶다. 이것이 세상을 떠나기 전 나의 마지막 기억이라면, 나는 더할 나위 없이 행복한 사람이다.

#30

"내가 오늘 죽으면, 당신은 오늘과 내일 중 언제 눈물을 흘릴까요?"

"내가 아니라 눈물이 걱정되는 거라면 나에게 묻지말아요. 인간은 누구나 울고 싶으니까."

#30-1

그녀에게는 병이 있었다. 병이라기 보다는 나와 같은 신체적 결함. 우린 사랑에 미쳐 육체도 멍들어 있었다. 나는 사랑에 미치고 나서야 알게 되었고, 그녀는 알고도 사랑에 미친, 미친 남자와 미친 여자의 사랑. 우리의 이야기 였다.

결함의 근본적인 원인은 서로 다를지 모르나, 하나의 생명으로 태어나 누릴 수 있게 되는 쾌락이라는 영역의 감정. 우리는 그것을 가질 수 없게 태어났다. 사랑이라는 감정을 느낄 수 있게 만들어 놓고, 육체적 사랑의 정점에 다가갈 수 없다는 것. 귀가 들리지 않는 사람 앞에서 세상 가장 아름다운 노래를 들려주고, 눈이 보이지 않는 사람에게 세상 가장 아름다운 그림을 선물하는 것과 같았다.
이건 명백한 저주였다. 마치 악마가 꾸민 일 처럼 교묘하고 잔인했다. 어떤 자극인지도 가늠할 수 도 없고, 어떤 것으로도 채울 수 도 없는 하나의 본능을 비워둔채. 아니, 어쩌면 비어 있는 기분이 무엇인지도 느끼지 못하며 살아온 것이다.

탄생과 함께 차갑게 식어버린 그 곳을 몸의 중심에 매달아 살아왔다. 중심에서 퍼저나오는 냉기는 공허함의 한이 되어 흘러, 우울함으로 몸을 적셨다. 그녀는 이 우울함에 드리워진 죽음이라는 그림자를 막아내려 손목에 시계를 채웠다. 세상에서 가장 아름아운 시계를 만들어 마음 여린 손목에 감싸 놓았다. 어둠 속에서도 그림자가 도드라지게 보이는 밤들로 부터 자신을 지켜온 것이 었다. 시계 가운데 자신이 가장 아끼는 공간의 열쇠를 넣어두고, 세상에는 자신이 원하면 언제든 머물 수 있는 따뜻한 공간이 있다고, 미소를 지어 보기도 했다. 그런 미소가 예쁜 자신에게 감사하며 이름을 시계에 새겨 놓았다. 나는 이 아름다운 시계를 만들 만큼 멋진 사람이라고, 이 아름다운 시계처럼 눈부신 사람이라고, 몸 한구석 깊게 패인 상처하나 쯤 있어도 너무도 아름다운 사람이라고…… 그렇게 위로해온 것이다.

#30-2

MODI 1917. 비밀스럽게 새겨 놓은 나의 이름. 이 수수께끼 같은 이름을 불러줄 한 사람을 기다렸다. 나의 진짜 이름을 들을 때까지, 그 누구의 품에도 안기고 싶지 않았다. 진심을 바라보는 눈. 그런 눈을 가진 사람만이 나를 사랑할 수 있을 것이다.

정말 사랑받고 싶었다. 비록 온전히 태어나지 못했어도, 한 사람 만의 여자이고 싶었다. MODI 1917. 나의 진짜 이름이 세상에 외쳐질 때, 나의 저주 또한 말끔히 풀릴 것이다.

그녀 역시도 몰랐던 것이다.
너무 아름다운 추억은
살면서 자신을 슬프게 할지도 모른다는 것을.

아니, 진작에 알고있었다. 나의 진짜 이름을 듣게 되어서는 안된다는 것을. 그 누구의 품에도 안기지 말아야 함을.

태어나서 딱 한번, 저 멀리 여행을 떠난 적이 있었다. 그곳에는 마침 미술 전시 하나가 열리고 있었다. '모딜리아니'였다. 아메데오 모딜리아니(Amedeo Modigliani), 유대계 이탈리안으로 태어나, 자신의 운명을 바라보는 듯한 눈동자로 세상을 그리다 생을 마감한 화가. 태생부터 여운이 느껴지는 그의 삶.

한번 찬찬히 들여다 보고 떠나는 것도 나쁘지 않을 것 같다는 생각이 들었다.

내가 가진 아픔과 조금이라도 일치하는 부분이 그의 삶에 있다면, 심심한 위로가 될 것 같았다. 죽음도 막지 못한 그의 전설적인 러브 스토리 라면, 어쩌면 나같은 사람도 사랑이라는 감정을 언뜻 느껴보고 죽을 수 있을 것 같았다.

'1917년. 아메데오 모딜리아니(Amedeo Modigliani)는 잔 에뷔테른(Jeanne Hebuteren)을 만나 운명적인 사랑에 빠졌다. 둘은 딸 아이 하나를 낳았고, 그녀의 뱃속에는 한 아이가 더 있었으나, 모딜리아니가 죽은 바로 다음날 잔 역시 그의 뒤를 따라 몸을 던졌다.'

그들의 러브 스토리를 머리로 요약해보니, 이게 대체 행복한 결말인지 비극인지 판단이 서질 않았다. 내가 가져보지 못한 감정이기 때문일까. 시대에 구속 받지 않고 감동을 주는 둘의 사랑은 정말로 위대해 보였다.

뱃속의 무고한 아이의 죽음을 어찌할까. 친구를 잃은 친구의 슬픔, 자식을 잃은 부모의 슬픔은 또 어찌해야하나. 안타깝게도 다른이의 죽음은 딱히 마음에 와닿지 않았다. 아마도 지금 내 눈 가장 가까이에서 어슬렁거리는 것이 나의 죽음이기 때문이겠지.

누군가를 진심으로 사랑하거나 진심으로 사랑 받는 것에도 수치스러워 해야만 하는 나를 보니, 이 도덕적인 상식을 거부하는 사랑 조차 부러웠다.

죽고 싶었다. 나도 저렇게 죽고 싶었다. 저들이 나눈 감정의 근처라도 가보고 죽어야지 싶었다. 모딜리아니와 잔의 이야기는 나에게 있어 저항하지 못할 행복이었다. 행복한 죽음. 죽음도 행복할 수 있다면, 나는 이 곳에서, 이 둘의 추억 앞에서 죽어서는 안된다.

그림은 보지도 못하고, 믿기힘든 이야기 앞에 경건히 서서 여행을 끝냈다. 같은 이야기를 몇번이고 되읽으며 허튼 희망을 억지로 쑤셔 넣어 보았다.

'내 이름도 잔(Jeanne)이다. 나라고 이런 사랑 못할 것 없지.'
'1917이라는 숫자, 거꾸로 보니 내 이름 Libi와 닮았어.'

이런 말도 안 되는 조합으로 만들어 낸 것이 'MODI 1917'이었다. 너무도 처절하게 억지를 부리는 바람에, 도저히 떠올릴 수도 없게 만든 나의 진짜 이름.

정신이 나간 것은 아니다. 이렇게라도 나를 속이며 살지 않으면 버틸 수 없는 불쌍한 인생이었을 뿐. 아예 이름도 바꿔 살아가기로 했다. MODI 1917은 절대 쉽사리 불려서는 안될 이름이었기에. 사랑, 내가 가져 보지 못한 감정. 아니, 내가 가져 보지 못할 감정.

여행에서 돌아와 시계를 만들기 시작했다. 보닐리아니와 잔이 나를 구원해 주었다 말한다면, 그건 거짓말이다. 처음 떠나는 여행이었지만, 설렘 보다는 죽음이 가득했던 여행. 막상 그곳에 죽음이 없어 되돌아 왔을 뿐. 단지, 그 뿐이었다.

MODI 1917, 동화 속에서나 나올 법한 이야기로 스스로에게 마법을 건 것에 불과했다. 이미 누구나 알고있는 동화책의 마지막 페이지처럼, 불행할 수 밖에 없는 뻔한 결말로 시작된 나의 인생을 누구에게도 들키고 싶지 않아서.

옛날 옛적에, 어느날, 영원히, 행복...... 정확한 시점을 알 수 없는 희망찬 이야기로 순진한 아이들을 속이는 동화처럼. 현실에서는 절대로 이루어지지 않을 간절한 어리석음으로 나를 속이며 살았다.

옛날 옛적에 아리따운 공주가 저주에 걸린 성 안에 살고 있었습니다. 어느날, 백마탄 왕자가 나타나 공주의 저주를 풀고 둘은 영원히, 행복, 하게......

어디선가 양치기 소년이 나를 지켜보고 있었다. 어차피 불행으로 끝날 나의 따분한 인생을 보며 말했다.

'심심한데 거짓말로 불쌍한 사람들이나 속여야지.'

저멀리 코가 길어 슬픈 피노키오가 웃고 있었다.

#30-3

    빗물 사이를 날아가는 나비야
    너는 왜 그 누구의 품에도
    날아들지 않는거니.

    거리에는 저렇게 많은 우산이
    펼쳐져 있는데
    너는 왜 혼자
    다 짊어지려 하는거니.

어느 겨울이 전해온 따뜻한 입김에 입술이 떨리다가, 떨리는 입술을 바라보는 눈빛에 손이 떨렸고, 떨리는 손을 들키지 않으려 허벅지를 움켜지니 가슴이 떨렸다.

새어나오는 가슴의 떨림을 입맞춤으로 붙잡으려다 온몸이 뜨거워졌다. 서로의 입술을 타고 달아오르는 몸, 몸 안에는 여전히 차가운 응어리 하나가 맺혀있었다. 온몸이 설레고 떨리는데, 심장이 금방이라도 터져버릴 듯이 뛰는데, 아무 것도 느끼지 못하는 자신을 눈 내리는 새벽 내내 창밖으로 내던지고 싶어 견딜 수 없었다.

자신을 너무도 사랑스럽게 바라보는 누군가의 시선은 나를 더욱 괴롭게 만들었다. 자신을 지켜주던 시계가 갑자기 한심하고 무의미 하게 느껴졌다. 불완전한 인생에 대한 터무니 없는 빌익으로 느껴졌다. 손목이 잘려나간 것처럼 고통스러웠다.

밤새 한 순간도 잠들지 못해, 피곤이 안개처럼 낀 나의 안색. 그런 얼굴을 보고도 여신을 바라보듯 내게 안기는 한 사람의 품은, 결국 나를 산산조각 내버렸다. 먼저 그를 껴안으면서도 에곤 실레의 죽음과 여인을 떠올리는 나를, 눈치채지 못하게. 평생 간절히 바라게 될 그의 마지막 입술을 훔치고, 나를 지켜주던 시계가 그에게 남을 상처만이라도 안아줄 수 있길 바라며 돌아섰다.

집에 돌아와 눈물이 모여 떨어질 때마다 날카로운 것으로 손목을 긋고 또 그었다. 정신이 희미해지는 어지러움에, 손에 쥐고있던 흉기를 떨궜다. 세상 가장 아름다운 시계를 만들던 시계 공구였다. 불행하게 태어난 사람의 끝은 결국 비극이라는 추악한 생각에 이를 만큼, 자신이 죽음에 가까워져 있음이 느껴졌다.

이유 없는 죽음은 없다.
이유 없는 죽음은 없는 거야.
그녀는 말했다.

젊은이의 죽음은 안타깝고,
늙은이의 죽음은 묵념해야 한다고
그 누가 그러던가.

남들이 떠드는 사연에 귀기울이지 말고,

죽음에 귀기울여 달라.

이유 없는 죽음은 없다.

추억 앞에,

이유 없는 죽음은 없단 말이다.

 얼마나 시간이 지났을까, 몸의 모든 부분이 찢겨나가고 한쪽 손만 남은 것 처럼 손이 따뜻했다. 눈이 떠지고, 누군가 나의 손을 잡은채 엎드려있었다. 오랜시간 깊은 곳에서 부터 곪아온 나의 아픔. 그 아픔을 어렴풋이 눈치채고있을 만큼 맑은 영혼을 가진, 나의 유일한 친구. 그녀에게 안겨 한참을 울었다. 외부와 단절되어 있다고 해서 그가 떠오르지 않는 것은 아니었지만, 그를 더욱 선명하게 떠올리게 만들 병실 밖의 거리보다 이 곳이 훨씬 나았다.

 맑은 영혼만큼이나 나를 투명하게 비추는 친구의 걱정. 그마저 저버릴 수는 없어, 차근차근 그날의 추억에 대해 털어 놓았다. 그러던 어느날, 조심스레 건네 받은 사진 한장. 거리를 걷다 그와 닮은 모습에 고개돌려 헤메이게 된다면, 아마 나는 이런 눈빛으로 그를 바라보게 될테지…… 사진을 뚫어져라 쳐다 보았다. 거리에서 우연히 마주친 그를, 멀쩍이 길 모퉁이에 숨어 바라보는 사람처럼.

친구가 묵묵히 전해주던 사진들. 병원 생활 내내 사진 속의 그와 얼굴을 맞대며 덤덤해지는 연습을 했다. 그렇게 그에 대한 마음을 서서히 추스려가며 병원을 떠났다.

오랜 만에 돌아온 집, 발을 들여놓으며 떠오르는 그날의 절망에 눈물이 떨렸다. 그날의 섬뜩함을 가리려 한장 한장 모아온 그의 사진을 방안에 걸어 두었다. 놀랍게도, 혼자 절절히 버텨오던 나만의 공간이 그와 함께 있을 때처럼 푸근해지는 것이 느껴졌다.

생각많은 밤은 여전히 나의 새벽을 가만 두지 않았다. 어둠으로 어지럽혀진 하늘의 별들은 갈 곳을 잃었다. 그럴 때마다, 가만히 나의 이야기에 귀기울여주는 사진 속의 그와 대화하며 편히 잠들었다. 말없이 나를 지켜주는, 말없이 나만 바라봐주는 사진 속의 그와 함께.

차분해지는 마음에는 여유가 생겼는지, 그에 대한 그리움이 흔들리는 커튼 사이의 햇살 처럼 불어들어 왔다. 다시 한번쯤 그를 직접 보고 싶었다. 보러가겠다는 결심이 점점 굳건해져갔다. 직접 두 눈으로 보아도 괜찮을 거라 마음을 다독이다 보니, 어느새 또 겨울이 되어있었다. 또렷하게 그려지는 겨울의 기억을 충동으로 무마한채 그를 보기 위해 거리로 나섰다.

간만에 자신의 의지로 걷는 밤의 거리는 너무도 상쾌했다. 언제 어디서 나를 무너뜨릴지 몰라 불안하기만 했던 겨울의 거리가 산뜻함으로 물들자, 나의 발걸음에는 자신감이 차올랐다. 아무도 걷지 않는 거리의 어둠을 깨우는 나의 발걸음. 아무도 모르는 나만의 추억을 찾아나서는 나의 발걸음. 설레이는 발자국의 갯수를 세어가며, 나는 그에게로 달려가고 있었다. 왠지 모르게, 바닐라 라떼 한잔을 건네면 수줍게 볼이 빨개질 그날의 그가 나를 기다리고 있을것만 같았다.

  카페 앞, 들어서기도 전부터 창가 가까이에 앉은 그의 모습이 보였다. 우리의 자리, 처음 우리가 만난 날의 바로 그자리였다. 눈가가 촉촉해지기에 앞서 입가에 미소가 먼저 번지는 나를 보며, 성큼성큼 그에게 다가갔다. 어색함 없이, 그날과 같은 눈길로 그를 바라볼 수 있을 것만 같았다. 비록 갑작스럽게 떠난 나 이지만, 일방적인 침묵으로 그의 곁을 떠난 나 이지만, 굳이 설명하지 않아도 그는 분명 나를 안아 줄 것이다. 어느날 예고없이 내리는 겨울의 눈을, 아무말없이 받아들이는 새벽의 거리처럼. 그는 분명 나에게로 또 다시 따스히 안겨 줄 것 이다. 막연한 확신이 들었다...... 막연한 확신과 함께, 그를 다시 사랑에 빠지게 만들고 싶었다.

#30-1

대체 왜. 현실은 언제나 기대라는 말도 안되는 망상을 범잡을 수 없는 착각의 잔혹함에 떠미는 것일까. 사랑하는 사람을 애절하게 그리워 하면서도 평생 절대로 마주치지 말자던 가수들의 노랫말. 그 갓잖은 노랫말들이 나를 가로막았다.

인간의 한계를 느꼈다. 전지전능하지 못한 인간의 한계. 내가 모를 시간, 내가 없는 공간. 그 곳에는, 너 역시 없는 줄 알았다. 내게 보이지 않는 세상, 내가 눈 뜨고 있지 않는 시간에는 당연하게도, 너 역시 존재하지 않을거라 생각했다.

오직 너만 생각했기에 눈이 멀어 버린 것이었다. 빤히 보이는 세상을 등지고 눈이 멀어 버린 것이었다. 내 가슴 속에서 떠올리는 너만이, 네가 살아가는 인생의 전부라 착각했다. 너는 내가 생각하는데로 숨쉬고, 내가 생각하는데로 하루를 보내고, 내가 생각하는데로 나를 추억할거라고. 오해하고 있었다.

내가 없는 너의 하루는 이해할 수 있었지만, 내가 단 한번도 떠오르지 않는 너의 밤은 인정할 수 없었다. 너를 매일 간직했던 나였기에, 매일 간절히 너를 원했던 나였기에.

이 모든게 너를 홀로 남겨두고 떠나간 나의 업보(KARMA). 분명 그런 것이다. 오는 내내 발걸음이 가벼웠던 것은, 내게 더욱 깊은 상처를 주기 위한 운명의 설계였다. 그를 오직 나의 액자에 가두어 두고 바라본 죄. 착각과 이기적인 망상이 내게 모질게 되갚는 절망.

나의 손이 아닌 다른 누군가의 손을 잡고 있는 너. 다른 누군가가 너의 손을 잡고 있는 것 인지, 너의 손이 다른 누군가의 손을 잡고 있는 것 인지. 다른 누군가의 손이 먼저 너에게 손을 댄 것 인지, 너의 손이 내가 아닌 누군가에게 먼저 다가간 것 인지. 의미없는 추궁을 해보았다.

그때, 눈이 내렸다. 또 다시 인간으로서의 한계가 느껴졌다. 눈이 내리는데, 너와 나 함께였던 그날 처럼, 눈이 내리는데. 너는 내가 아닌 다른 누군가의 손을 잡고 있었다. 이것만이 내가 똑똑히 기억하는 오늘 하루의 상처이다.

나의 눈은 이미 너와 다른 사람의 손을 한 장의 사진에 담아버렸다. 너의 손은 한동안 다른 사람의 손을 잡은 채로 나의 기억 속에 걸려있을 것이다. 나의 주관적인 시선 때문에 생긴 오해나 변명이 있다 하여도, 적어도 오늘밤의 나를 위로해줄 수는 없을 것이다. 직접 바라보지 못한 세상에 대해서 인간이 알 수 있을리 없다. 방금 내가 본 것은, 너의 손에 겹쳐진 다른 사람의 손. 그 시선만이 앞으로 내가 바라볼 수 있는 너의 전부처럼 느껴져 가슴이 아렸다.

너무하다는 생각이 들었다. 하필 지금 내리는 눈이, 너의 손을 잡고있는 내가 아닌 다른 사람의 손이. 너무하다는 생각이 들었다. 그 손이 나의 가장 소중한 친구의 손이라는 것이...... 너의 손을 잡고 너를 바라보고 있던 그 친구의 눈빛이. 너무하다는 생각이 들었다. 겨울은 더 이상 나에게만 충실했던 네가 있을 계절이 아니라는 것이. 너무하다는 생각이 들었다. 이제는 아무리 깨끗한 순백의 눈이 내려도 순수하게 너를 기억할 수 없다는 것이. 내리는 눈을 보며 상처로 기억하게 될 나의 인생이......

시계가 없는 나의 손목이 위독해 보였다. 급하게 체했을 때처럼 손목을 따버리고 싶은 충동이 느껴졌다. 몸이 제대로 숨쉬고 있지 않아 가슴이 터질 것만 같았다. 점점 온몸을 감싸는 갑갑함이, 지난번 손목을 그어버렸을 때의 개운함을 떠올리게 했다. 이렇게까지 가슴 아팠던 적이 너에게도 있을까, 그게 나 때문이기는 했을까.

길을 잃고 서서 하늘을 바라보았다. 눈은 보이지 않았다. 눈물이 앞을 가려 아무것도 보이지 않았다. 피부에 닿는 몇 개의 눈송이로 눈 내리는 하늘을 가늠해 보았다. 감긴 눈과 볼 위로 떨어진 눈송이는 추억을 만드는 레시피라도 되는 듯, 너와 함께였던 그날의 새벽을 내게로 전해왔다.

가슴이 미어지듯 아파도, 너를 쉽게 미워할 수는 없었다. 나의 슬픔과 지독하게 얽힌 저 눈도, 함부로 미워할 수는 없었다. 서툴게 내 머리를 쓰다듬으며 떨리던 너의 손을 좋아했다. 언젠가는 정말로 미워하게 될지도 모를 저 눈들이, 여전히 너의 손가락들처럼 나의 머리카락 사이로 스며들어 괴로웠다.

사람이 하룻밤 사이에 너무 많이 울면 탈수 증상이라는게 온다. 너무 많이 울고난 뒤에 술을 마시고 몇번의 구토를 반복하고 나면, 탈수 증상이라는게 온다. 그렇게 되면 본능적으로 물을 찾아 몸부림치거나, 오직 너만을 찾아 몸부림 치다가 죽는거다.

병원에서 말 보다 눈물이 많았던 친구의 고백을 들었다. 친구의 진심어린 속죄가 내 인생에 집요하게 매달린 족쇄를 실감케 했다. 이 둘은 죄인이 아니다. 눈치없이 두사람의 발목에 채워져있던 내가 보였다. 아직도 내가 이 러브 스토리의 여주인공이라 착각하고 있었다. 나는 이미 비극을 불러오는 나쁜 계집 역할로 전락해 있었는데, 전혀 눈치채지 못하고 있었다.

이 둘은 자유롭게 사랑할 수 있다. 그랬으면 좋겠다. 막판에 착한 척을 해서라도 이 둘의 이야기를 해피엔딩으로 만들어 주고 싶었다. 어차피 나는 불행을 품고 살아가야할 사람이다. 흐느끼는 나의 두 어깨가 둘의 행복까지 흔들어서는 안된다. 그래, 나의 시체 조차 찾을 수 없을 절벽 밑으로 추락하게 된다 하여도, 내가 전부 끌어안고 사라지자. 나의 불행도, 겨울의 상처도.

사랑에 대한 나의 욕심이, 더 이상 너를 괴롭히지 않았으면 좋겠다. 내가 가질 수 없는 감정에 대해서 때쓰지 않으려한다. 내가 너를 얼마나 사랑하는지에 관계없이, 나는 나 자신의 불행을 남김없이 가지고 떠날 것이다. 살다가 유독 서러운 밤이 나를 찾아오더라도, 그 서러운 밤의 달빛 아래로 드리운 나약한 그림자 하나가 너를 찾아가더라도, 나는 절대로 그 그림자가 너의 아름다운 눈동자를 가리게 두지는 않을 것이다. 불완전하지만, 나는 내가 조금씩 인간답게 미소 지으며 살 수 있길 바란다.

네가 나의 불행을 떠안고 살아갈 필요는 없다.
네가 우리의 추억과 상처를 짊어지고 떠난다고해도
나는 결국 슬픈사람이다.
그러니 모두 내게 떠넘기고,
그렇게 다 남겨두고 떠나가라.

좋았던 기억 조차 챙겨가지 말아라.
기념으로 간직하려던 조각 하나가
너의 눈물을 그어버릴지도 모르니까.

.

.

.

절대 웃지 않는 사진 속의 너를 보며
되려 안심했던 이기적인 나를.
내가 남긴 상처로 네가 계속해서
나를 떠올리기를 바랐던 못난 나를.
용서해주길.

밤 하늘에 별이 없는 건 얼마든 참을 수 있었지만
심지어 달이 보이지 않아도 잠들 수 있었지만.
네가 없던 밤은 너무도 버거웠던 나였다.

아픔을 가지고 태어났다고 해서
무엇이 행복인지 모르는 것은 아니다.
나도 평범하게 기뻐하고
평범하게 상처받으며 살고 싶었다.

내가 없는 밤을 네가 당연하게 여기지 않기를.

내가 매일 아침 혼자 있어야 할 이유보다
내가 오늘 밤 혼자 있지 말아야 할 이유를
말해 주었던 사람.
그게 바로 너였기에.

너는 겨울을 무릎에 딛고 내게 말했었다.

"밤이 와야 별이 빛나는 것처럼
당신을 사랑하고 있습니다.
당신이 나의 곁에 있기에
나의 인생이 빛나는 것인지
내가 그대 곁에 있기에
그대의 인생이 빛나는 것인지.
영원히 알아가고 싶습니다."

마리아주.

불어로 결혼이라는 뜻.

내가 결혼을 떠올린 것이

너에게는 잔인한 성숙함이었을지 몰라도,

너를 떠올렸다.

마리아주.

최고의 궁합.

네가 아니라면 무엇이있을까.

너를 사랑하기로 했다.

그렇게, 너를 사랑하기로 했다.

.

.

.

내가 너를 내 첫사랑으로 마음먹은 순간부터

너는 나의 죽음과 운명을 나란히 한 것이었다.

왜 하필 너였을까.

왜 하필 나처럼

온전하지 못한 사람이 너를 택했을까.

잠깐의 진심에도

오랜시간 사무치며 살아갈 가여운 사람을.

인생은 '왜 그랬을까'가 아니라
'왜 그랬지'로 기억되어야 한다.
'왜 그랬을까'라는 말은
과거에 대한 후회가 남아있는 것,
'왜 그랬지'는
과거에 대한 반성이 담겨있는 말.

왜 그랬지. 왜 그랬지.

불행을 타고난 나에게,
따뜻한 감정은 눈물이 한 방울 더 늘어나는 것과
다를게 없다.
행복이나 기쁨은 나의 살결에 닿는 순간
차가운 불행이 되어 내게 쌓인다.
한없이 원하게 될것이나
어차피 가질 수 없는 것들이기 때문에.
차라리 맛보지 말았어야 했다.

너의 체온도, 너의 입술도.

평생 부치지 못할 편지 한 통을 서랍에 넣어두고 집에만 틀어박혀 있었다. 더 이상 그 누구의 방문도 허락하지 않았다. 매일 같이 찾아와 문을 두드리는 친구에게 칼을 들이밀며 말했다. 한번 더 나를 찾아온다면 이번엔 너도 나를 구원해 줄 수는 없을 거라고. 그 뒤로 나를 찾아오는 사람은 아무도 없었다. 너무도 맑고 밝았던 친구에게 잔인한 상처를 주었다. 하지만 악역을 하기로 마음먹은 만큼, 서로에게 애매한 미련이 남지 않게 해야만 했다.

누구나 아파할 수 있다. 아픔이 없는 사람은 없다. 나의 소중한 친구 역시 그렇게 극복할 것이다. 나와는 달리, 상처가 아물고 나면 다시 행복해질 준비를 할 수 있는 사람이니까. 평생 떨쳐내지 못할 불행을 매일 같이 외면하려 애쓰며 살아갈 나와는 다른 삶이니까.

내가 가진 모든 마음의 문을 하나도 빠짐없이 닫고나니, 홀로 시계를 만들며 살았던 때의 생활로 돌아 올 수 있었다. 하지만 그때 처럼 노을에 물든 하늘이 아름다워 보이지도, 나의 미소가 아름다워 보이지도, 시계가 아름다워 보이지도 않았다. 고통도 그저 하루의 일과인 것 마냥 살았다. 그럴싸하게 사람인척 아무것도 못느끼는 텅빈 인형처럼.

손목을 그으며 몸에 깃든 생명을 죽이려 했을 때는 말도안되게 고통스러웠는데, 마음을 죽이고 나니 세상은 별볼일 없었다. 기쁨과 슬픔, 즐거움과 우울함. 이런 단순한 감정의 변화 조차 없었다. 내가 왜 사는지, 정확히 무슨 생각을 하고 있는지 알 수 없었지만, 적어도 고통스럽지는 않았다.

추억에 지지말자. 추억에, 지지말자. 바보처럼 한참을 되뇌이던 그 말은, 사실 너를 추억 했기 때문이라는 걸. 추억을 외면하는 척 추억 안의 너를 들여다 보고 있었다는 걸. 추억에 지지말자고 나를 다그치며 어쩔 수 없는 척, 한번 더 너를 추억했었다는 걸. 꼭 사랑에 빠질 때만 바보가 되는건 아닌가 보다. 이별이 남긴 상실감이 홀로 남은 인생 또한 눈멀게 하려나 보다.

너의 손목에 시계를 채우는 그 짧은 시간동안 한 순간도 빠짐없이 걱정했다. 두번 다시 너의 손을 잡지 못하게 되면 어떡하지. 방금 붙잡은 너의 손목이 내게 남을 너의 마지막 감촉이면 어떡하지. 좀더, 조금만 더 오래 붙잡고 놔줄 것을 평생 후회하며 살게되면 어떡하지……

#30-5

 말하는 내내 그녀는 가녀린 손으로 더 가녀린 손목을 쥐고 있었다. 저렇게 어여쁜 손으로 손목 위를 어루만진다면, 분명 그녀의 상처들이 마법처럼 사라질 것이라 믿고 싶었다.

아름다운 해방.
황홀한 슬픔.

 사랑하는 사람의 가장 어두운 아픔을 보고도 변치않는 진심이 내안에 존재한다는 것에 감사했다. 자신의 아픔이 세상에서 가장 저질스러운 치부라 말하는 그녀의 입술을 나의 입술로 틀어막고 싶었다. 내 입술을 멋대로 행동하게 만들었던 그날의 키스처럼 그녀에게 입 맞추는 것이 가능하다면. 인생의 단순한 순리 하나를 보란듯이 어기고 사랑에 빠졌던 그날. 그날의 그녀와 지금의 그녀가 조금도 다르지 않다고 느끼게 해줄 수만 있다면. 아픔 하나쯤 가지고 살아가는 것이 모든 인간의 삶이기에. 그 아픔으로 서로가 서로를 치유하게 되고, 그 아픔으로 서로가 서로를 사랑하게 되는 것이기에. 그녀는 여전히 아름다운 사람이었다.
 오직 나에게만 아름다운 사람이어도 상관없다. 내가 그녀의 아픔을 위로해줄 유일한 사람이라면, 안아줄 수 있는, 상식을 벗어난 사랑에 미친 사람이라면. 분명, 세상은 그녀와 나를 중심으로 시간을 흘려보낼 것이다.

 인생의 단순한 순리 하나. 살아온 날들보다 살아갈 날들이 더 많이 남았다는 단순한 진실. 그리고 그 착각에서 비롯되었던 젊음이라는 근거없는 자신감 혹은 거짓. 그 모든 것을 한 순간에 환상으로 만들 주었던 그녀는, 오늘에서야 환상의 경계에서 방황하던 나를 구원해 주었다.

 세월의 흐름이 인간이라는 책 한권에 풀어내던 탄생과 죽음의 이야기. 그 지긋하게 반복되던 결말 속의 생명에게, 그녀는 진심이라는 위대한 순간을 선사해 준 것이다. 자신의 모든 아픔이 드러난 바닥. 그 더러운 바닥을 나체로 기어가는 그녀가 조금도 실망스럽지 않았다.

 마치 신이 나에게 천국과 지옥을 선택해보라고 강요하는 것 같았다. 그렇다면 나는 오늘, 신의 심판을 정중히 거부하겠다. 내게 그 어떤 벌이 내려지던, 반드시 두팔 벌려 그녀를 끌어안을 것이다. 나의 선택은 언제나 그녀였고, 앞으로도 그녀일 것이며, 지금도 그녀이고 싶다.

 나의 환상 속에서 수없이 미화되어 왔던 그녀는 거짓이 아니었다. 그녀의 몸에 새겨진 모든 상처가 보였다. 모두가 잠든 새벽 홀로 숨죽이며 흐느꼈던 첫눈의 거리. 발자국 하나 새겨져 있지 않던 새벽의 거리와 닮았다 축복했던 그녀의 살결. 그 위로 눈부신 달빛 한 줄기가 내려와 깊고 흉하게 패인 상처를 그대로 관통했다. 그녀는 여전히 숨막히게 아름다운 사람이었다.

이것저것 따지고 싶지 않았다. 괜찮아. 괜찮아. 이 순간 옳고 그름은 없다. 그녀에게 정녕 필요 했던 것은 괜찮다는 말 한마디. 괜찮다는 말 한마디 해줄 그 무엇도 없었던 나의 텅빈 방 안. 그 서럽고 원망스러웠던 방 안에, 울고있는 그녀가 보였다. 어둠에 반사된 죽음을 비추던 거울. 그 거울은 산산조각이 났지만, 그 거울은 나만의 것이 아니었다. 거울 앞에 서서 죽음과 대화했던 그 날밤의 기억. 그 날밤의 기억 역시 나만의 것이 아니었다. 이제서야 너무 힘들고 지쳐있던 그녀가 보였다.

무언가 메세지를 한껏 담아 위로해 주고 싶은 것은 나 자신의 오만일지도 모르겠다. 그건 그 사람의 상처를 보듬어 주려는 것이 아니라 내가 그 사람에게 있어 무언가 되고 싶었던 몹쓸 자만이 었음을. 괜찮다. 괜찮다고 말해주면 되었을 것을. 그 사람의 인생이 통채로 무너지는 것이 보여도, 그 사람의 앞 날이 어둠으로 뒤덮이는 것이 보일 지라도, 괜찮다 말해 줄걸. 괜찮다. 괜찮다. 말해줄걸. 그 사람의 상처로 직접 나의 눈물을 적셔 보지도 않았으면서. 그 사람의 아픔으로 단 하루도 살아보지 않았으면서.

정직하게, 가식없이 그녀와의 영원을 약속할 것이다. 이제 우리는 그럴 수 있다.

발가벗겨진 자신이 안길 수 있는 유일한 품이 나 임을 믿는 그녀의 이마에 몇번이고 입 맞추고 싶었다. 꼭 밤이 되어서야 깨어났던 또 하나의 나는, 그녀만을 애타게 찾았다. 아이처럼 울먹이며 그녀만을 찾았다. 눈물이 흘러도 누군가 닦아줄거라 믿었던 미성숙한 아이는, 그녀만, 오직, 그녀만 애타게 찾아 해매었단 말이다.

  숨을 참아야 딸꾹질이 진정 되듯, 무언가 바로잡기 위해선 죽음에 가까워질 만큼의 인내가 필요한 것 일지도. 슬픔의 깊이 만큼 계속되었던 딸꾹질, 오래가는 딸꾹질 만큼 지속 되었던 고통. 오롯이 숨쉬지 못하는 것이, 오롯이 너를 갖지 못했던 날들과 무슨 차이가 있을까.

아무것도 차있지 않아 공허했고,
아무것도 담기지 않아 우울했다.
너무 위대한 그림을 보면 어지럽고,
너무 좋은 노래를 들으면 숨이 막히듯.
나의 인생은 너무도 고독했다.

오늘, 순간 가슴이 아릴정도로
아름다운 사람을 만났다.
숨이 트였다.

신선한 공기가
내몸을 타고 퍼지는 것이 느껴졌다.
아니, 내가 살기위해
스스로 빨아들이고 있었다.

죽음은 이세서야 두리운 뜬새가 뙤있다.

죽고 싶지 않았다.

한 순간이라도 더 살아 숨쉬고 싶었다.

그녀 곁에서 숨쉬고 싶었다.

죽고 싶지 않은데도

매일 밤 죽음에 대해 걱정했다.

내일 무엇을 할지 고민하면서도

인생의 마지막 날을 떠올렸다.

꿈에 대해 이야기하면서도

갈 곳 없는 새벽의 거리를 떠돌았다.

그런 나에게 단 하나의 추억은

유일한 순간이었다.

그런 나에게 너는,

유일하게 남겨진 온전한 숨결이 었다.

나는 이제 너를 과거에 묻어두고 영원히 추억할 수도, 너를 미래에 기약하고 영원히 사랑할 수도 없을 것이다. 오직 이 순간의 너와 이별없는 여행을 떠나야하겠지.

#30-6

 숨만 쉬어도 눈물이 차오르는 기분. 너를 추억한다는 것은. 다른 시절, 다른 공간의 내가 동시에 눈을 뜨는 기분에 가까웠다. 현실의 내가 눈을 감으면 추억은 기재개를 펴고 천천히 깨어난다. 깜깜한 눈꺼풀 위로 너와의 기억을 그리기 시작한다. 새로운 차원을 설계하듯 섬세하고 조심스럽게. 그리움은 흑백으로 환상의 밑바탕을 스케치한다. 새로운 차원 속의 공간은 불현듯 무의식이 기억하고있던 색채로 뒤덮이고, 현실과 추억의 괴리는 완벽하게 사라진다.

 새로운 차원의 공간은 내가 머물던 다양한 장소의 기억으로 형성되어 있다. 홀로 잠들던 내방 침대에서, 종이와 펜을 사러 가던 길에서, 와인을 병째 들이키던 와인가게에서…… 환상 속의 너는 왜인지 항상 혼자였던 나의 기억에 나타났다. 분명하고 명백하게 홀로였던 나의 기억 속에. 슬픈 환상은 간절함과 그리움이 만들어낸 신기루였던 것이다. 너는 내게 그것이 말하고 싶었던 것이다.

 걷기 좋은 바람이 불어 걸었다. 그날 밤의 겨울에 불었던, 너와 나의 바람이였다. 손을 잡고 걸었다. 손바닥과 손바닥 사이의 작은 공간이 느껴졌다. 두번 다시 놓치지 않겠다 다짐해 온 그녀의 손. 나보다 조금은 작은 그녀의 손이 나의 손에 안겨있음에, 나는 그녀의 품에라도 안겨있는 듯 황홀했다.

서로 다른 크기의 손바닥은 우리에게 아무런 의미도 없었다. 완전하게 맞닿지 못한 살결들의 작은 틈새 마져 처음 만난 날의 설렘으로 다가왔다. 그날과는 다른 손바닥의 감촉 또한 무의미 했다. 손바닥은 이미 오랜시간 서로를 놓지 못해 감각이 모호해져 있었다.

서로에게 엮인 손가락 사이를 더듬어 보았다. 서로 다르게 새겨진 손금 중에 분명 똑같이 생긴 손금 하나가 있을 것만 같았다. 운명이 아니라면 인연, 인연이 아니라면 운명. 오늘의 새벽은 이런식으로 밖에 설명되지 않을 것이다.

보고싶다, 그리고 사랑한다. 이 두가지 말을 기억하지 못한다면, 당신은 단 하나의 사랑도 가질 수 없을 것이다. 보고싶다, 사랑한다. 이 두가지 말이 지닌 의미를 깨우치지 못하고 참고 아낀다면, 당신은 인생을 낭비하게 될 것이다. 보고싶다 말했기에 오늘 우리가 다시 만났고, 사랑한다 말했기에 내가 지금의 너와 함께 있는 것이다.

너를 처음 만났던 그날, 너와 처음으로 사랑에 빠졌다. 그날과는 모든 것이 달라져 있었지만, 너와 나만은 그대로였다. 육교에는 의자도 책상도 남아있지 않았다. 육교에 깃든 나의 순수함과 사랑의 문에 얽힌 나의 어릴적 소망. 그녀는 이곳에서 나와 있고 싶다 말했다. 이곳이 내게 어떤 의미인지 듣고 싶다 말했다.

    그녀에게 고백하던 날 건너갔던 다리는 추억이라 말하면 될 것들이나, 오늘 우리가 누운 반절 남짓한 육교는 우리의 변치 않을 사랑이다.

나는 올라가고 있었고,
너는 내려오고 있었지.

스무 발걸음이 넘는 계단에도
누구 하나 지나가지 않았지.

나의 왼쪽 옷깃과
너의 오른쪽 옷깃이 스쳤었지, 아마.

나는 뒤돌아 봤고, 너는 뒤돌아 보지 않았지.

그때 알았지.
우리가 슬픈 소설 속의 두 주인공이라는 걸.

"내가 오늘 죽으면,
당신은 오늘과 내일 중 언제 눈물을 흘릴까요?"

"내가 아니라 눈물이 걱정되는 거라면
나에게 묻지말아요.
인간은 누구나 울고 싶으니까."

"당신이 흘릴 눈물을 닦아줄 사람이
저이길 바라는 거라면.
말없이 저를 안아주세요"

"울고 싶은게 아니라,
함께 죽고 싶은거라면?"

#31

저 멀리, 첫 발자국 조차 새기지 못한 눈길을 처참히 밟고 지나가는 사이렌 소리가 들려온다. 허나 더 이상 시린 눈망울로 지난날의 아픔을 동정할 필요가 없음을 알고 있다. 아, 이번에는 어떤 천사의 날개 짓일까. 펄럭이며 흩날린 깃털 하나가 눈이 되어 세상을 감싸 안는다.

첫만남의 순간부터 곁에 있어주었던 눈들은 계절이라는 시간을 걸어 또다시 나를 만나러 와주었다. 영원히 피어있는 눈꽃을 바라보고 있자니, 눈길은 어느새 다음 순간에 내린 눈들로 따스히 덮여있었다. 세상 그 어느 곳에도 상처는 남아있지 않았다. 단 한 순간의 추억만으로 인생의 모든 순간이 아름답게 물들 수 있음에 행복했다.

<blockquote>
눈꽃이 만개하며 전해온 숨결이
나의 귓가를 어루만졌다.
</blockquote>

"눈은 절대 그치지 않을 꺼야".

<blockquote>
행여나 사라질까, 감히 손댈 수 없었던
그날의 그녀를 남김없이 껴안았다.
</blockquote>

"눈이 그치는 그날까지 너의 곁에 있을꺼야"

하나의 색으로 물드는 두 꽃잎. 그 위로 스치는 눈들은 정말이지, 이미 이 세상의 것이 아닌 듯 영원히 내릴 것만 같았다.

인용문

- 끼안티 클라시코 : Chianti Classico. 이탈리아 토스카나 지방에서 생산되는 와인으로, 병목에 수탉 문양이 있는 것이 특징.
- 사랑의 문 : 독일 하이델베르크(Heidelberg)에 있는 문으로, 엘리자베스의 문이라고도 함.
- 패트릭 쥐스킨트 : Patrik Suskint. 독일의 소설가로, 대표작으로 1992년도에 발표한 '향수(Das Parfum)'가 있다.
- 알랭드 보통 : Alain de Botton. 프랑스의 소설가로, 소설 내용 중 '나는 너를 마시멜로 한다'라는 구절은, 그의 소설 '왜 나는 너를 사랑하는가'의 구절을 인용, 각색한 것이다.
- 아프로디테 : 그리스 로마 신화에 나오는 사랑의 여신.
- 구스타프 클림트 : Gustav Klimt. 오스트리아 출생의 화가로, 주요 작품에는 'The Kiss'가 있다.
- 츠지 히토나리 : 일본의 소설가. 소설 내용 중, 어느 위대한 소설가가 말하지 않았던가, '살면서 수많은 날들을 기억할 수는 없지만 소중한 것은 절대로 잊지 않는다고'라는 구절은, 그이 대표작 '냉정과 열정 사이'에서 발췌, 인용한 것이다.
- 에오스 : Eos. 그리스 로마 신화에 나오는 새벽의 여신.
- 플라톤 : Plato. 그리스의 철학자. 소설 내용 중 인식의 동굴은, 플라톤의 동굴과 인식론을 각색한 내용이다.
- 괴테 : Johann Wolfgang von Goethe. 독일의 작가, 소설가. 소설 내용 중 'Hier war ich glucklich, liebend und geliedt'라는 구절은, 독일 하이델베르크 성에 있는 괴테의 시 구절에서 인용한 것이다. 소설 내용 중 '행복한 나는 이곳에서 사랑하고 사랑 받았다'라는 구절은 이를 각색해서 번역한 것이다.

- 아메데오 모딜리아니 : Amedeo Modigliani. 유대계 이탈리아 화가. 소설에 나오는 모딜리아니의 이야기는 실화를 바탕으로 각색한 것이다.
- 씨클로 소비뇽 블랑 : Ciclos Sauvignon Blanc. 아르헨티나 와인으로 제조사는 Michel Torino이다.
- 海子 : 중국의 시인. 소설 내용 중 '바다 한 가운데를 바라보며 봄이 와 꽃이 피길 기다리는 마음.'이라는 구절은 그의 유작 '春暖花开, 面向大海'의 구절을 인용, 각색한 것이다.
- 힐러리 퍼트남 : Hilary Whitehall Putnam. 미국의 철학자, 수학자. 소설 내용중 '힐러리 퍼트남(Hilary Whitehall Putnam)의 상자 속의 뇌'는 그가 제시하고 반박한 '통 속의 뇌 이론'의 일부를 중점으로 각색한 것이다.
- 니체 : F. W. Nietzsche. 독일의 시인이자 철학자. 소설 내용 중 '나를 죽이지 못하는 모든 시련은 나를 강하게 만든다'라는 구절은 그의 명언을 인용한 것이다.
- 셰익스피어 : William Shakespeare. 영국의 극작가. 소설 내용 중 '그녀의 눈이 말하고 있다. 나는 대답해야한다.'라는 구절은, 그의 4대 비극 중 하나인 '로미오와 줄리엣'에서 발췌, 인용한 것이다.
- 셰리 : Sherry. 스페인에서 만드는 백포도주 일종.
- 달리 : Salvador Dali. 스페인의 화가.
- 페렐라다, TG 달리 에디션 레세르바 : Perelada, Torres Galatea Reserva. 소설 내용 중 '달리가 평생을 통틀어 가장 사랑했던 와인을 위해 그려낸 그림이 있다. 개미. 개미가 잔뜩 그려져있는 이 와인'은 바로 이 와인을 언급한 것이다.

- 니체 : F. W. Nietzsche. 독일의 시인이자 철학자. 소설 내용 중 '신은 죽었다'라는 구절은 그의 명언을 인용한 것이다.
- 젊은 베르테르의 슬픔 : Die Lieben des jungen Werthers. 독일의 작가이자 소설가인 괴테(Johann Wolfgang von Goethe)의 대표작.
- 잔 애뷔테른 : Jeanne Hebuterne. 프랑스의 화가이며, 화가 아메데오 모딜리아니(Amedeo Modigliani)의 아내.
- 데카르트 : Descartes, Rene. 소설 내용 중 '생각한다, 고로 존재한다.'는 르네 데카르트의 명언을 인용한 것이다.
- 에곤 실레 : Egon Shiele. 오스트리아 출신의 화가. 소설에 나오는 '죽음과 여인'은 그의 대표작이다.
- 양치기 소년 : 그리스에 살았던 노예이자 이야기꾼이었던 아이소포스가 지은 우화 모음집인 '이솝 우화' 중 한 이야기.
- 피노키오 : 이탈리아 피렌체 출신의 작가 카를로 로렌치니(Carlo Lorenzini)의 동화 '피노키오의 모험'의 주인공. 카를로 로렌치니의 필명은 카를로 콜로디(Carlo Collodi)이다.

새벽에 그리다

초판 1쇄 발행 2017년 9월 30일

지은이	마노엘
펴낸곳	Mignon publishing company
TEL.	010-3066-2456
이메일	madbluenoel@naver.com
등록번호	2017-000198
디자인·인쇄	신명기획

ISBN   979-11-961997-0-8

- 책값은 표지 뒤쪽에 있습니다.
- 파본은 본사 또는 구입하신 서점에서 교환해 드립니다.
- 이 책은 저작권법에 의하여 보호를 받는 저작물이므로 무단 전재와 복제를 금합니다.